霜月さんはモブが好き
SHE IS IN LOVE WITH THE MOB!
だって……はずかちぃ
八神鏡
イラスト Roha
3
JN109011

「――大好きだよ」
もっと、かっこいいセリフも考えてはみた。
ラブコメみたいに、素敵なワードをちりばめるのも悪くはないと思う。
だけど……俺の言葉で、伝えたかった。

目次

霜月さんはモブが好き③

著：八神鏡
イラスト：Roha

GCN文庫

口絵・本文イラスト／Roha

プロローグ　恋のふーふー

彼女は猫舌である。名前は霜月しほ。

家族からは『しぃちゃん』と呼ばれている。

警備員として人々を守る恰幅のいい父親（霜月樹）と、専業主婦として家庭を守る無駄に美人な母親（霜月さつき）の二人に愛されてスクスクと成長した。

現在、高校一年生。

人よりもちょっとだけかわいい（と本人は思っている）、どこにでもいる（と本人は思っている）普通の女の子だ（と本人は思っている）。

「しぃちゃん、おでん完成したよー」

「……うん」

「今日は自信作よ。まぁ、いつも自信作だけれどね？」

「……うん」

十一月。寒くなってきたこの季節、霜月家の食卓にはおでんが並んでいた。

しほは母親のさつきからおでんの入ったお皿を受け取ると、一瞬の躊躇もなく中に入っていたこんにゃくにパクリとかぶりつく。

「……うん」

「熱いから気を付けてね」

その瞬間、口内で火事が起きた。

「あちゅい！　ママ、あちゅい!!」

あまりの熱さに涙目になるしほ。

そんな彼女を、対面に座っているさつきは呆れたように眺めていた。

「だから言ったのに」

「熱いなんて聞いてないもん！」

「ぼーっとしてるからでしょう？　まったく……『いただきます』も言えない悪い子だからバチが当たったのよ。反省しなさい」

言われてみると、そういえば「熱いから気を付けてね」と言われたような気もした。

「うぐっ……ごめんなさい。あと、ごはんを作ってくれてありがとう。いただきますっ」

ぼんやりしていた自分が悪いとすぐに反省して謝ると、さつきはニッコリと笑って許してくれた。

「『ありがとう』と『ごめんなさい』が言える素直な子に育ってくれて、ママはとても嬉(うれ)しいわ。それで、何か悩み事でもあるの？」

やっぱり母親は鋭い。

娘のこともちゃんと見ているからこそ、些細(ささい)な変化にも気付くようだ。

「おバカなしぃちゃんが悩み事って、すごく不思議だわ」

「娘を『おバカ』って言わないで！　もう、ママったら……」

今度は慎重に箸で卵を持ち上げる。艶やかな表面からは湯気が立ち上っていた。すぐに口に入れたら熱いのでしばらくこうやって冷ますことにする。

その間に、彼女は最近考えていることを母親に相談してみることに。

「ママ。あのね……わたし、ちゅーしちゃった」

「まぁ。幸太郎(こうたろう)ともうそんなに仲良しなのね」

さつきには彼のことも言っている。

というか、幸太郎と出会ってからほとんど毎日のように家では彼の話をしているので、父親の樹にも存在は知られていた。

「いつ連れてくるの？　ダーリンも幸太郎に会いたがってるわ。『未来の息子だ！』ってとてもウキウキしてて……私より彼の方が好きみたいに見えるから、思わず幸太郎に嫉妬しちゃうくらいよ」

「幸太郎くんに嫉妬しちゃダメっ」

しほの愛が若干重めなのは母親譲りなのだが、それはさておき。

「それでね、なんだか胸がキュンキュンしてて落ち着かないの」

「あらあら」

「頭の中から幸太郎くんがいなくならないの」

「素敵なことね」

「だから——もっと仲良くなりたいの！」

別に悩んでいるというわけではない。

ただ、しほは少しだけ『物足りなさ』を覚えているだけだった。

「つまり、しぃちゃんは『恋』をしてるのね」

「うん。わたしね……このおでんみたいに熱々の恋をしてるの！」

そう言って、しほは未だに湯気を立てる卵をお箸で掲げた。

「猫舌のわたしにはちょっと熱すぎるわ。ママはどうしたらいいと思う？」

熱々のおでんみたいな恋——という表現のセンスについては『しほらしい』という言葉で処理するとして。

その問いに対して、さつきは恋の先輩として素敵なアドバイスを送ってくれた。

「熱々だったら『ふーふー』して冷ましてあげればいいんじゃないの？」

そう言って、彼女はしほの掲げる卵に優しく息を吹きかけた。

一瞬だけ、湯気が消えてすぐにまた立ち上る。しかしそれを何度か繰り返すと、卵の湯気は薄くなっていった。

「熱すぎても食べにくいわ。幸太郎だってそうなのよ」

「――なるほど！　彼のためにわたしの恋心にも『ふーふー』してあげないといけないのねっ」

「そういうことよ」

どういうことなのかは、恐らく二人にしか分からない。

だが、とにかく……しほは母親の言葉で少し気が楽になったようだ。

もう彼女はぼんやりしていない。

「近いうちに、ママとパパにちゃんと紹介するねっ」

「ええ。待ってるわ」

「うん！　素敵な人だから、楽しみにしてて！」

いつものように、幸太郎のことを考えてニッコリと笑うのだった――。

第一話
『勝手に決められた縁談』というテンプレイベント

十一月は旧暦で『霜月』と呼んだらしい。

そのことを彼女に教えたら、ビー玉みたいに目を丸くして驚いてくれた。

「じゃあ、十一月はわたしの季節ってことかしらっ」

「そういうことになるかもね」

場所はすっかりお馴染み、中山家のリビングである。

昼食の片づけが終わったので、ソファでくつろいでいたしほに話しかけると、彼女は嬉しそうに笑って自分の隣をポンポンと叩いた。

まるで「こっちに来てオシャベリしましょう？」と言っているみたいだったので、三十センチほど距離を空けて座る。

でも、その距離すらイヤがるように、しほは俺の方に体を寄せてきた。

「ねぇねぇ、幸太郎くん？」

「どうかした？」

「えへへ～。呼んでみただけっ」

――近い。物理的にも、心理的にも……一カ月前に比べると距離感が違う。

ひざとひざ。肩と肩。腕と腕……すべてが重なるくらいにくっついている。俺よりも微かに温かく、それでいて甘い匂いは、しほ特有のものだった。

「…………」

彼女は無言で俺をジッと見つめている。

何か物欲しそうな目に映っていたのは――俺の唇だった。

その瞬間、二週間ほど前の出来事が頭の中にフラッシュバックした。

文化祭を終えた後のことである。

屋上で、しほが俺に唇を重ねた。あの時のことは今もなお鮮明に覚えている。

熱くて、柔らかくて、甘くて――嬉しかった。

できることならまたあの感触を味わいたい。

（キス……してもいいのかな）

今なら彼女も許してくれるような気がした。

だって、しほの方がそれを求めているように見えたのである。

潤んだ瞳はハートマークが浮かんでいるように錯覚するほどトロンとしていた。しかも、

半開きになっている唇は、少しだけすぼめられている。

まるで、キスを待っているかのように。

だけど。

(『俺なんか』がキスをしてもいいのか?)

声が、邪魔をする。

文化祭の時のような『悪役を演じていた俺』の声ではない。

俺自身が、俺の行為を否定しようとしていた。

(メインヒロインに愛されているだけで、お前はただの『モブ』なのに)

そのワードが俺の思考と行動を停止させる。

(──ダメだ)

卑屈な人間の悪いクセだ。

自分に自信が持てないから、行動が消極的になってしまう。だからダメなんだと自分を責める。挙句の果てにはその思考すらも良くないことに気付き、気分が落ち込んでいくのだ。

……そうやって自己否定のループに陥りそうになって、しほから目をそらしかけたその瞬間だった。

「ふー」

彼女の温かい吐息が首筋にふれた。

まるで、かじかんだ指を温める時のように。

いや、これは熱い食べ物を冷ます時かな？

正解はどちらか分からないけど、微かに湿っていて、とにかくこそばゆかった。

「ど、どうかした？」

「んっ。なんでもない」

そう言って、しほは俺の鼻先をちょこんとつつく。

その表情は少し切なそうで、だけどやっぱり幸せそうだった。

「えへへ～」

緩い笑顔が心を溶かす。

自己否定の鎖に囚われた俺を、彼女はいつもほどいてくれる。

（いいかげんに、彼女の思いに応えろよ）

そうしたい。しほの気持ちに報いたい。

だけどなかなかそうしてあげられなくて、もどかしい毎日を送っていた――。

◆

文化祭が終わって、しほとの関係性もちょっとだけ変わっている。

それと同じように色々な変化が生じていた。

文化祭以前と以降。

一番違っている点は、やっぱり彼女がいなくなったことだろう。

『ざまぁみろ――ってね？』

その言葉が口癖だった、自称クリエイターのテコ入れヒロインはもういない。

メアリー・パーカーは文化祭直後にいきなり休学した。

理由は分からない……ただ、海外で有名なホテル会社の経営状態が悪化しているというニュースが関連しているのではないかと、クラスメイトの間では噂になっていた。

何せ、そのホテル会社の名前が『メアリー』なのである。

真相は定かではないので何とも言えないけれど……とにかくメアリーさんはいなくなった。そのせいか、教室内は彼女がいた時よりもどこか静かである。

キャラクターを作っていたとはいえ、ムードメーカーだったメアリーさんがいなくなったことを悲しんでいるクラスメイトも多い。

「あーあ。メアリーさん、早く帰ってこないかなぁ」

そのうちの一人が、前の席にいる花岸だった。

朝、登校してすぐのことである。

「花岸ってメアリーさんと友達だったっけ？」

「いや？　でも、おっぱいでかかったじゃん」

「そういう理由か」

苦笑交じりに返答すると、花岸はだらしない顔を俺に向けてきた。

「まぁ、でもおっぱいなら北条さんもでかいよな」

「……そうかな？」

「大きいだろ！　中山……お前、さては大きすぎるのは苦手か？　だったら浅倉さんとかいいよな。スタイルがめちゃくちゃいい」

野球部で筋肉質。勉強は苦手でお調子者。そんな性格なので下ネタも似合ってはいるけれど、知り合いばかり名前を出すのでちょっと困った。

「アタシがどうかした？」

そして本人がいきなり話しかけてきたことにもすごく動揺した。

「え？　あ……いや」

顔を上げると、後ろにブスッとした表情のキラリがいた。

染め上げた金髪は以前と変わらない。ただ、最近赤いフレームの眼鏡をかけるようにな
っていて、どこか中学時代の面影を感じるようになっていた。

それもまた、変化の一つである。

「………」

助けを求めて花岸を見ても、彼は知らんぷりをしてそっぽを向いていた。俺に対応を丸
投げしている。ずるいなぁ。

「えっと、なんでもないよ」

とりあえずはぐらかしてはみたのだが、彼女のジトッとした目線は変わらない。

「変態」

やっぱり聞こえていたのだろうか。

それだけを言い残してキラリは自分の席に戻っていった。

文化祭以降、俺とキラリの関係はあんな感じで少しだけ険悪である。

でも、以前みたいに無理をした表情は見せず、自然体でいる姿を多く見かけるようにな
った。

「りゅーくん、おはよっ」

「………」

「おーい。挨拶してよー？　にゃはは、本当にりゅーくんは子供だなぁ」

「うるせぇよ」

「やだこわーい。まったく、ふてくされるのもいいかげんにやめればいいのにねー」

竜崎（りゅうざき）との会話も以前よりは対等に感じる。あいつの機嫌が悪くてもキラリは顔色をまったく気にしておらず、むしろそれをネタにして軽快に笑っていた。

中学時代のようなマイペースなキラリが戻ってきている。

「ふぅ、危なかった。あと、浅倉さんに聞かれそうだったな」

「聞かれてたよ。俺に押し付けて逃げないでくれ……」

こう見えて女子と話すのが苦手らしい花岸は、キラリの件をなかったことにして話を続けようとしていた。

「えっと、何の話だっけ？　……そうそう、中山が好きなおっぱいの話だ！」

「それはもういいんじゃないかな？」

「照れんなよ。あ、分かった。お前、さては小さい胸が好きなんだな？　じゃあ中山さんとかいいじゃん」

「それは、うーん」

「なんだよ、分かりにくいやつだな……ってか、そういえば中山さんってお前と名字一緒だよな。もしかして身内だったりする？」

「血は繋がってないけど」

現在、自分の席ですやすやと寝ている梓との兄妹関係については、実はクラスメイトにも隠している。梓が竜崎を好きな頃、俺との縁を知られるのがイヤで隠すことにして、それ以降ずっとそのままだった。

「まぁ、どうせみんな竜崎が好きなんだろうけどな！　いいなぁ、好きなおっぱいを選び放題で」

そう言って彼は竜崎たちのいる窓際後方を眺める。

花岸の認識では、まだ彼女たちは竜崎を好きなままということになっているようだ。

たしかに入学直後はそうだったけど……今は、そうとは思えない。

何せ、竜崎本人がふてくされて彼女たちと話そうとしないのだ。

キラリは一方的に話しかけ続けているのに、竜崎のリアクションが悪すぎる。それを見て結月はおろおろするばかりで、最近は会話ができていないように見えた。

文化祭が終わって以降、あいつはずっとそんな感じだ。

　メアリーさんに振られたことが大きく影響しているのだろう。すっかり心を閉ざして、ふさぎ込んで、ほっといてくれというオーラを放っている。

　それに負けずに話しかけ続けるキラリに感心してしまうほど、感じが悪かった。

　時間と一緒に色々なことが変わりつつある。

　良い変化、悪い変化、いずれも同時に進行していた。

「あ、でも……そうか。中山は大きさなんて関係なく、霜月さんがのおっぱいが一番ってことか！」

　ふと思い出したように、花岸が彼女の名前を口にする。

　それは、うん……否定はできない。

「そうなのかなぁ」

　だけど、首を縦に振れるほど自分がどういう人間か分かっていないので、あいまいな答えを返すことしかできなかった。

　胸の大きさの好みなんて考えたことがない。

　自我がない。自分がない。自分らしさが分からない。

　モブキャラみたいな人間性が、中山幸太郎（こうたろう）というキャラクターをぼやかしている。

　だから高校生になっても自分がどういう人間なのかよく分かっていないのだ。

しほとの関係性がなかなか進展できないのは、もしかしたらこういうところが原因かもしれない——。

◆

そして、放課後。

「ねぇねぇ、聞いて聞いて！　ママにおねだりして今月はいつもより多めにお小遣いがもらえそうなのっ」

「それは良かったね」

「うん！　肩もみ十回で千円はすごく効率がいいわ」

「いい仕事だなぁ」

いつものように家に遊びに来ていたしほと雑談していた。

すると、急に肩を揉まれて……振り向くと、そこにはへらへら笑う梓がいた。

「おにーちゃん、これで千円ちょーだい？」

さっきまでスマホをいじっていたのに、こちらの話に聞き耳を立てていたらしい。

「月に一万円もあれば高校生は十分だと思うけど」

我が家の家計は俺が管理している。海外で働く両親から毎月一定の額が振り込まれるので、それで生活費も含めてやりくりしていた。

「……今月分、もう使ったのか？」

「ソシャゲに課金したら溶けちゃった」

「そんな使い方は良くないぞ。課金は無理のない範囲じゃないと」

「あずにゃんはおバカちゃんね。欲望に負けるなんてただの負け犬だわ」

「はぁ!?　霜月さんだって先月にお小遣い使い切ってたじゃん！　そのせいでおにーちゃんとデートに行けなかったのも知ってるんだからねっ」

「うぐっ」

痛いところを突かれたと、そう言わんばかりにしほは胸を押さえる。

「だ、だって、出るまでガチャを回せば実質無料なのよ？　つまり、出なかったら無駄遣いになっちゃうじゃない！」

「だから、今月は梓がその状態になっちゃってるの！　つまり梓は悪くない。排出率が悪いだけ！」

「たしかに！　わたしも悪くないわ。運営が悪い！」

「いやいや。ちゃんと二人が悪いよ」

課金するのは悪いことじゃない。趣味の一つだし、お金の使い方は自由。

でも、自分のお財布と相談して使う額を決めないところが良くなかった。

「だ、大丈夫よ！　今月はちゃんと我慢してるわ。だから……今月こそ一緒に秋葉原に行きましょう、ね？」

文化祭の前に行こうと話していた秋葉原デート。

実は、本当はもっと早く行く予定だったのに、しほのお小遣いがなかったせいで延期していたのである。

「今週末は……ちょっと用事があるから、来週末とかどうかな」

「うん！　すっごく楽しみね」

「それまでソシャゲは我慢できる？」

「で、できる！　…………たぶんっ」

少し自信はなさそうだけれど、まぁしほを信じよう。

「梓、そういうわけだから来週は留守番頼むよ」

「うん……それはいいけど、お小遣いは……」

「いくら肩を揉んでもダメ。浪費は癖になるから、今のうちに直さないと」

「うぅ……うわーん！　おにーちゃんのばかー！」

断ると、梓は泣きべそをかいて自分の部屋に戻っていった。

まぁ、ああ見えてしたたかな一面もある子だ。泣けば俺が甘やかしてくれると思っている傾向もあるので、今回はちょっと放置しておこうかな。

「い、意外と幸太郎くんって、お金に関しては厳しいのね」

しほが珍しい一面を見たと言わんばかりに目を丸くしている。

そんな彼女に苦笑しながら、こうなった理由を説明した。

「母が厳しい人なんだ。お金に関しては特に……ちょっと、怖いくらいに」

あの人の顔が脳裏に浮かぶ。

それだけで無意識に背筋が伸びた。

「お母さんって怖い人なの？」

「まぁ、うん……いや、なんでもない」

しほは気になっているようだけど、申し訳ないが話は強引に中断した。

口に出したくない程に母との間に良い思い出がなかったのだ。

「そうなの？　なら……分かったわ」

しほは俺の様子を察して何も聞かないでくれた。

ただ、手をそっと握って、ニッコリと笑ってくれたのである。

それがすごく、嬉しかった。

「デート、楽しい思い出にしましょうね？」

「うん……もちろん」

何度でも話したくなるような、素敵な時間にしたい。

そして、そろそろ俺も、次の関係に進みたい。

（しほに、告白しよう）

秋葉原へのデートで思いを打ち明ける。

正式に恋人になれたら、もっと楽しい時間を過ごすことができるはずだから。

でも……それを許してくれるほど『物語』は優しくなかった――。

◆

「じゃあね、幸太郎くん」

「うん、また明日」

夕方、しほが帰る時間帯になったので玄関を出て見送っていた。

「ばいばいっ」

車の中から何度も手を振る彼女に負けないよう、俺も長いこと手を振っていたら……運転席にいる、しほを迎えに来ていた彼女のお母さんが、微笑(ほほえ)ましそうにこちらを見ていることに気付いた。

「あ、どうも」

会釈すると、しほのお母さんは慌てた様子でぺこりと頭を下げて、それから視線をそらしてしまった。

銀髪の美女が車のハンドルを握っている。その姿は相変わらずしほにそっくり……じゃなくて、正確に言うとしほがお母さんにそっくりなのか。

あと、人見知りなところも似ているらしく、実は一度も話したことはない。いつも車の窓越しに会うだけだった。

いつか挨拶くらいしてみたいけど……俺が視線を返したらすぐに目をそらしてしまうので、もう少し先になりそうである。

「ばいばーい」

最後に、窓を開けて手を振るしほにもう一度手を振ってから、霜月家の自家用車が見えなくなるまで見送った。

しほがいなくなったことに若干の寂しさを感じながら、家に戻ろうかと思った……その直後のこと。

「………あれ？」

不意に聞こえてきたのは野太いエンジン音。

お腹（なか）の奥に響くような重低音が俺の家に近づいてくる。

気になって道路に出てみると、道の先から一台の大型バイクが走ってきた。

乗っている女性も小柄で特徴的である。しかもメイド服を着用しているのが遠めでも分かった……もしかしてあの人かな？

そして、バイクが俺の目の前で止まる。ヘルメットを脱いで現れた女性は、やっぱり俺の予想通りだった。

「よう、幸太郎。突然すまねぇな」

「叔母さん？　急にどうかしたの？」

「あぁん!?　『おばさん』じゃなくて『お姉さん』っていつも言ってんだろ？」

彼女の名前は一条千里（いちじょうちり）。

母の妹――つまり叔母さんだ。

ヘルメットのせいで乱れた長い黒髪を手櫛（てぐし）で直しながら、叔母さんがこちらを睨（にら）む。

確かに低身長で見た目も若い……というか幼いけど、子供のころから『叔母さん』と呼んでいるので、癖がなかなか抜けなかった。

「ってかよぉ。てめぇ、なんで外にいるんだ？」

「友達が遊びに来てたから見送ってて……それで、入れ違いに叔母さん——じゃなくて千里姉さんが来たからびっくりした」

「ダチ？　……まぁそうか。てめぇにも一人や二人いてもおかしくねぇよな」

そう言いながら叔母さんは短いスカートに手を突っ込んだ。

相変わらず不思議だ……なんでこの人はメイド服を着てるんだろう？

会うたびに気になるけど、聞いても「黙れクソガキ」としか言ってくれないので、もう詮索することもやめている。

見た目は確かに清楚でメイドっぽい。だけど中身がヤンキーなのでギャップがすごい。

まぁ、海外で働く仕事人間の両親に代わって俺と梓の面倒を見てくれている人でもある。

言ってみれば、俺たちの保護者なので、怖いとは思わないけれど。

「とりあえず中に入る？」

「いや、梓の前ではニコチンが吸えねぇだろ。ここでいい」

そう言ってスカートの中から取り出したのはタバコだった。

裏地にポケットがあるんだろうけど……ちょっとは人目も気にしてほしいなぁ。ふとも

もの付け根まで丸見えだった。

「俺の前でもやめてよ」

「男なら女が吐いた煙くらい我慢しろや」

相変わらず理不尽だ。ため息をついて肩をすくめると、彼女はなぜか俺の腕にギュッと抱き着いてきた。

「何をしてるの？」

「胸を触らせてやってんだよ。タバコはこれで我慢しろ。嬉しいだろ？　合法ロリ巨乳、男連中が一番好きな体だ」

「下品だなぁ。梓の前では絶対にそんなこと言わないでほしい」

「……ちっ。てめぇちゃんとついてんのか？」

「身内だからそんな感情ないよ。しかも、年齢が二倍も上なのに――」

「年齢は言うんじゃねぇよ！　アラサーはまだ若いだろうが！」

叔母さんは年齢のことを言われるのが嫌いである。怒って顔を赤くしていたけれど、荒々しくタバコを一服したらいくらか冷静さを取り戻したようだ。

「ふぅ……まぁいい。甥っ子のかわいいジョークだと思って聞き流してやる。まぁ、あたしはガキが嫌いだがな」

「はいはい。それはいいんだけど」

普段から叔母さんはこんな感じなので悪く言われても不快感はない。

とはいえ、ご近所さんの目もあるので、長く言い争いをするのは避けておきたい。

「何か用事があったんじゃないの？」

なるべく早く帰ってもらうためにもすぐに本題へと入った。

「買い出しは週末のはずだよね？」

月に一度、叔母さんに車を出してもらって買い出しに出かけている。

日用品や、必要であれば家具や家電などもその日に買うのだが……まぁ、別に買い物なんて俺一人でもできる。

言ってみればそれは、買い出しという名の近況報告会みたいなものだ。

海外で働く両親に代わって俺たちの状況を把握しておきたい、ということらしい。

それ以外は基本的に会わないので、こうやって家に急に来ることはめったにない。

だから急な来訪にびっくりしていたのだ。

「まぁな。てめぇに急用だ」

叔母さんはタバコを咥（くわ）えたまま、俺の腕にしつこく当て続けていた胸をようやく離して、
今度は胸元に手を突っ込んだ。

そして、谷間からスマホを取り出したかと思ったら、それを俺に放り投げる。

「え？　あ、っと……!?」

反射的に受け取ると、変に温かいスマホからいきなりかわいいネズミのキャラが登場するようなファンシーな音色が流れて、思わず落としそうになってしまった。

「時間通りだな。てめぇに電話だ……とれ」

「俺に？」

表示された名前を見る。

そこには『姉貴』とだけ書かれていた。

叔母さんの姉。つまり……俺の母親である中山加奈からの電話。

「母さん」

その単語を口にした瞬間――頭が真っ白になった。

なんで急に、出てくるんだ。

やっと、忘れることができていたのに。

あなたの無機質な声を……無表情な顔を……無感動な心を、思い出したくなんてなかったのに。

『私の子供なのに何もできないんだな』

『お前は何のために生まれてきたんだ？』

『残念だが、失敗作だな』

頭の中に、声が響く。

幼少期、何度も耳にしていた冷たい声に、息が乱れた。

話すな。電話に出るな。またあの人の声を聞いたら、思い出すぞ？

モブキャラのように何もできなかった昔の『中山幸太郎』を。

しほのおかげでやっと変わりつつあったのに……また戻ってしまう。

イヤだ。卑屈で、自己否定ばかりしていたあの頃に戻りたくなんてない。

『私を待たすなよ』

でも、母の声が頭の中で響いて……自分を抑えられなかった。

「……もしもし」

無意識に電話に出ていた。

そして、電話越しにまた、あの人の声を聞いてしまったのである。

「北条家との縁談が決まった」

久しぶりの会話であるにもかかわらず、挨拶はない。

無駄話をする価値が俺にはないのだ。

なぜなら、ただ血が繋がっているだけの『失敗作』なのだから。

「詳しくは千里から聞け。報告は以上だ」

「ちょ、ちょっと待って――」

あまりにもいきなりすぎる言葉だった。

こちらの意思などまるで考えていない。会話すら無駄だと言わんばかりの態度。一方的な報告は、もはや命令である。

「『私』からの言葉だ。これを伝えた意味を……しかも、わざわざ直接電話をかけた意味が分からないほど、私の子供は愚かなのか？」

もう決定事項なのだ、と。俺の意思など関係ない、と。

あなたがそう言いたいことは分かっている。

だけど、北条家との縁談？　つまり、結月と結婚しろと言っているのか？

そんなことは認められるわけがない。

俺が好きな人は『しほ』なんだ。

だから、こんな縁談は認められない――そう、思っているのに。

「…………」

声が出ない。体が動かない。恐怖で足がすくんでいた。

筋肉が萎縮して、何もできなかった。

過去のトラウマが俺を支配している。

母からの厳しい指導を受けた過去が、フラッシュバックしていた。

『そっか。俺はただのモブキャラなのか』

自分をそう定義したあの瞬間を、思い出す。

虚しくて、寂しくて、悲しくて……だけど自分にそう言い聞かせないと自分を守れなかった過去の記憶が、蘇っていた。

「では、後は千里の言うことを聞け」

そして電話は一方的に切られて、終わった。

言い返すことも、抗うこともできないまま……俺の人生が勝手に捻じ曲げられたのである。

しほに告白しようと思っていた。

でもそれは、この問題が解決してからでないと、ダメそうだ。

やっぱり……物語が俺を邪魔している。

今回は『親が勝手に決めた縁談』……か。

そんな使い古されたテンプレイベントが、始まろうとしていた――。

❄ 第二話　モブキャラ

母の中山加奈（なかやまかな）はとても厳しい人だった。

俺は生まれてからほとんど褒められたことがない。血の繋（つな）がっている子供だろうと……いや、むしろ子供だから、あの人は厳しかった気がする。

怖かった。言いつけられていることをできずに、母からため息をつかれるあの瞬間が、心の底からイヤだった。

恐らく、母は俺を自分の半身のように思っていたのかもしれない。

優秀な自分と同じように、俺だって色々なことができるはずだと、決めつけていた。

だから落胆ばかりさせてしまった。

『がんばっているつもりで満足するなよ』

『結果の出ていない努力を努力と呼ぶな』

『失敗の理由を考えられないのか？』

『私の子供なのに何もできないんだな』

叱られてばかりいた。

次こそは怒られないように――そういう消極的な姿勢で物事に挑むクセが染みつき、いい子でいることだけが目標になってしまっていた。

しかし、そんな態度で挑戦したところで、うまくいくはずがないわけで。

結局、いつものように失敗して、怒られる。それを毎日のように繰り返す。

反論の許されない一方的な説教は、やがて俺の心を蝕んでいった。

いつしか、母を見るだけで息がつまるようになった。

声を聞くだけで泣きそうになった。

そして、俺は母に何も言えなくなったのである。

トラウマだった。母の存在が、恐怖として体に染みついていた。

そしてそれは、十六歳になった今も変わっていないようである。

「…………」

電話はとっくに切れている。

スピーカー越しに鳴っていた『ツー、ツー』という電子音もすでに終わっていた。

しかし、スマホを離すことができずに俺はその場で呆然と立ち尽くす。

久しぶりに声を聞いた。

最後に話したのは……たしか、あの人が海外に行く前だから、中学生の時か？

いつも要件があったら、叔母さんを通して伝えてきていた。

だからこそ、今回の件がいかに重要であるのかが理解できる。

本気だ。母は本気で、結月と俺を結婚させようとしているらしい。

「花は咲く場所を選ばねぇ」

何も言えずに佇む俺を見かねたのか、二本目のタバコに火をつけながら叔母さんはぽつりとこんなことを呟いた。

「同じように、子は親を選べねぇ。残念だが、あれがてめぇの母親だな」

場を和ませるようなからかい口調が、今はありがたかった。

「叔母さんの姉でもあるよ」

「ああ、そうだ。だからてめぇと立場は一緒だな。妹は姉を選べねぇ」

「……甥が理不尽なことを言われているのは分かってるんだ」

「もちろん。可哀想だなとは思ってる」

「じゃあ――！」

「八つ当たりするんじゃねぇよ。あたしだって、好きでてめぇを不幸にしているわけじゃない」

言われて、ハッとした。

母に反抗できないからって、叔母にあたろうとしていた自分を、恥じた。

「……ごめんなさい」

「やっぱりガキだな」

俺の謝罪を鼻で笑って、叔母さんが二本目のタバコを吸い終わった。

いつもより吸うペースが速い。しかも三本目を吸おうとしているのを見たら、やっぱり彼女だって何も思っていないわけではないことが分かる。

まるで、気持ちを落ち着かせるために、連続でタバコを吸っているように見えた。

「……姉貴の経営している旅行会社がな、結構やべぇらしい」

三本目を咥えて、煙と一緒に叔母さんは言葉を吐き捨てた。

「どうも、新たにチャレンジしたビジネスに失敗したらしくてな……たしか新しいホテルとの提携だっけ？　詳しくは知らねぇが、とにかく商談がうまくいかなかったらしい」

「母さんが？　あの人が、失敗した？」

信じられない話だ。母はとても優秀な人である……平凡な俺の親とは思えないくらいに、ビジネスの才能に溢れているらしい。

母が立ち上げた旅行会社は、今ではテレビでも取り上げられるほどに有名になっていて、経営状態は良好なはずだった。

「どうも色々あって、海外での事業が難しい状況になっているらしくてな。それで、国内で経営回復を試みることになって、白羽の矢が立ったのが老舗旅館を多数経営している『北条家』だった――という流れだな」

「だからって、俺が縁談相手になる必要はあるのかな」

「知らねぇよ。あたしだってこういうのは嫌いだ……実家を思い出す。過去の栄光にすがりつく没落した一族の分際で、プライドだけは高いクソみたいな両親だったよ。さすが、姉貴の親だな。まぁ、あたしの親でもあるけどよぉ」

冗談っぽく自嘲めいた笑みを浮かべる叔母さん。

そういえば、母と叔母さんの実家である『一条家』も、格式の高い一族だったらしい。

「昔、一条と北条は近しい間柄だったらしくてな。それがあって、先方は姉貴に同情して乗り気とかなんとか。さすがは姉貴だ……情がないくせに情を利用する狡猾さが、せこい」

そう言いながら、叔母さんは隣にある家に目を向けた。

古風ながらに立派な日本家屋がそこにはあった。北条の家とは、ただのご近所さんだと思っていたけれど……実はそうでもないのかもしれない。

「もしかして、母はこういうこともあるかもしれないと思って、ここに家を建てた？」

「姉貴ならやりそうだな。あたしには分からねぇが」

あくまで、仮説ではあるが。

わざわざここで暮らし始めたのは、こうやって俺を利用できるかもしれないと、あらかじめ考えていたからなのだろうか。

だとしたら……俺の人生を、何だと思っているんだ。

「こんな縁談、イヤだ――と言ったらどうなるかな？」

「少なくともあたしに言ったところでどうにもならねぇよ。残念ながら、立場はてめぇと一緒だ……あたしも姉貴の言いなりだからな」

前々から感じていたけれど、やっぱり叔母さんも母には強く言えないらしい。

いくら彼女に伝えても意味はない。だから、行動で示すしかないだろう。

「こんな縁談、絶対に認めない」

俺はもちろん、結月だってこの話には否定的なはずだ。

だって彼女が好きな人は『竜崎龍馬』なのである。

そして、俺のことを好きでいてくれるあの子だって、良い気持ちがする話ではない。

もうしほを悲しませたくないと、宿泊学習の時にそう誓った。

文化祭の時にその想いを心に刻んだ。
（しほにバレる前に、全部ちゃんと片付けよう）
もう、しほを理由にしないと動けないほど未熟じゃない。
彼女のおかげで、俺だって少しは成長している。
（これは、俺の過去だから……ちゃんと俺自身で決着をつける）
そう、自分を信じて。
今の俺なら、トラウマになっている母親だって乗り越えられるはずだから。
結局、いつもとやることは変わらない。
（縁談を、壊してやる）
俺としほの日常を邪魔する物語に、抗う。
ただ、それだけだ――。

☆

幸太郎が叔母の千里と話し込んでいる頃。
実はしほも、彼と同様に真剣な顔で母と語り合っていた。

「しぃちゃんはお母さんの言う通りにしていれば幸せになれるのよ？」

「そんなこと絶対にあり得ないわ。ママだって間違うことはあるもの」

「いいえ、お母さんはいつも正しいです。ダーリンがいつも言ってるでしょう？　『さっちゃんはすごいね』って」

「でも、だからって幸太郎くんとのデートに付き添いはダメよ！」

しかし、その内容は幸太郎たちとは違ってコミカルである。

先程、幸太郎に手を振って別れた直後のこと。

しほの母親であるさつきが急に『私も幸太郎とのデートに行こうかしら』と呟いたのである。詳しく聞いてみると『付き添いがしたい』ということらしいが、だからといってしほはそれを許容できない。

「だいたい、パパに怒られるんじゃないの？　ママはいつもパパのこと束縛してるくせにっ。職場の女性同僚さんと連絡をとっただけで拗ねて夜ご飯の手を抜くのやめてほしいわ。わたしまで巻き込まないでっ」

「ダーリンは大丈夫よ。むしろ『幸太郎はさっちゃんにドン引きしないかな』って心配していたくらいよ」

「パパがママに甘すぎるわ……」

幸太郎や梓との会話ではツッコまれることの多いしほだが。

家庭内では、しほを上回る天然ボケの母がいるので、立場がちょっと違っていた。

「だって、幸太郎がいい子そうだったからついかわいがってみたくて」

「人見知りするくせに？　いつも車の窓越しに会釈するだけの関係なのに、いきなりデートの付き添いなんかできたら幸太郎くんだって困るに決まってるわ」

「いいえ、彼は受け入れるわ。そうじゃないとしぃちゃんみたいなポンコツちゃんと仲良くできるわけないじゃない」

「あー！　今、娘をポンコツって言った!?」

「ええ。だって、この前なんてカバンと間違えてランドセルを背負って学校にいこうとしてたでしょう？」

「ち、違っ……あれは、その……そう！　幸太郎くんに見せたくて！」

「ふーん。幸太郎ってそういう趣味もあるのね」

「う、うん。実はね、幸太郎くんはわたしのこと大好きすぎて、小学生の頃に出会えなかったことを残念に思っているようだったわ。でも、時間は戻せないから、仕方なく気分だけでもと思ってランドセルを背負っただけなのっ」

「あらあら。幸太郎もしぃちゃんが大好きなのね」

「うん！　すっごく愛されてるわ!!」

車内はとても賑やかである。

学校では大人しいしほだが、内弁慶なので家族の前では基本的にこんな感じだ。

幸太郎のように母の前で緊張なんて絶対にしない。むしろ、母の前だからこそ、彼女は自由でいられる。

中山家と違って霜月家は温かかった。

愛されて育った子供と、愛されずに育った子供。

好かれている自信がある少女と、好かれている自信がない少年。

二人の差は、そこにあるのかもしれない――。

叔母さんに縁談を知らされた翌日のこと。

さすがに結月からも何かしらリアクションがあると思って様子を観察していたのだが

……しかし、彼女はいつも通りだった。

俺に見向きもせず、ふてくされる竜崎の前でおろおろするばかり。

親に勝手な縁談を決められているにしては不自然な態度だった。

（もしかして結月は縁談の話を知らないのかな？）

とりあえず、放課後になってから彼女に話しかけてみることにした。

いつも一緒に帰っているしほには『用事がある』と言って先に帰ってもらって、結月が帰宅するタイミングに合わせて俺も席を立つ。

彼女とは家が隣同士である。

なので、乗っているバスも一緒だから、話をするにはちょうど良かった。

乗車して、後方にある二人席に座った彼女に声をかける。

「結月、ちょっといいか？」

「……ああ、どうも」

すると、結月はよそよそしい態度で会釈を返してきた。イヤそうにしていたけれど、大事な話をするので申し訳ないが隣に座らせてもらった。

「いきなりごめん。あまり大きな声で言えない話があって……」

「いえ、大丈夫です」

わずかに身を離しながら結月が淡々と返答する。

しほと違って距離を取ろうとする仕草に、なんだか昔を思い出した。

結月とは知り合って長いけれど……仲が良かったというよりは、本当にご近所さんで顔を合わせる機会が多かっただけ、という関係性でしかなかった。

この程度の間柄なので、結婚なんてもちろん厳しいはずだ。

「結月は知らないと思うけど、実は『俺と結月の縁談』を母が勝手に決めたらしくて……このままだと変なことになりそうなんだよ」

そう前置きしてから、あえて一拍おいた。

結月が驚いて話どころではなくなるだろうし、落ち着く時間が必要かな？　と、心配したけれど、それは杞憂だったようで。

「……ええ、知ってますけれど」

相変わらず困惑した様子で。

『この程度のことでわざわざ隣に座るな』

そう言いたそうな表情が、理解できなかった。

「い、いや！　ちょっと待ってくれ……知ってたのか？」

「はい。先週ぐらいに、お父様からお話があって――」

「先週!?」

話は水面下で進んでいたのだろうか。俺が知るよりも大分前に、彼女は情報として仕入れていた。

だったら、どうして……！

「なんでいつも通りなんだ」

結月の態度に違いがない。

気持ち悪いほどに平常心を保っていて、それがまったく理解できなかった。

「勝手に人生を決められようとしているんだぞ？　親の道具みたいに利用されようとしているのに、なんで結月は落ち着いているんだ？」

しかし……結月の方は『俺が理解できないこと』を理解できないようだった。

縁談の話より、むしろそちらに驚いているように見える。

「どうして、動揺する必要があるのですか？　北条家の娘が、北条のために利用されるなんて普通のことですよ」

自分のことなのに、どこか他人事。

言葉に感情が宿らないその様は、とても見覚えが……いや、身に覚えがあった。

（まるで、俺みたいだ）

自分なんてどうでもいい。そんな態度が中山幸太郎と重なる。

やっぱり、そうか……なんとなく感じていたけれど、結月もそうなんだ。

彼女も俺と同じように『自己肯定感の低い』人間なのである。

だから、自分が不幸だろうとどうでもいいのだろう。

「結月はそれでいいのか？　もし、俺と結婚することになっても……大丈夫なのか？」

聞かざるを得なかった。なんとか結月の感情を動かしたかった。

「君が好きなのは『竜崎龍馬』じゃないのか？」

あいつの名を口にする。その瞬間だけ、彼女は……ほんのわずかに表情を歪めた。

「はい、好きなのは龍馬さんです」

うん、そうに決まっている。

だって、入学式直後に……結月は俺にこう言ったのだ。

『幸太郎さんの人生に、わたくしの存在は必要ありませんよね？』

竜崎と出会って彼女は恋をした。

そして、幼馴染という理由だけで……惰性で話しかけてくる俺との関係性を不要に思ったのだろう。ハッキリとそう告げて俺と疎遠になったのである。

それくらい彼女は竜崎のことを強く思っていたはずなのに、どうして……？

「でも、龍馬さんはわたくしのことを好きではありませんよ？」

そんなことない——と、言うことはできなかった。

なるほど……そういうことか。

竜崎は人の好意を当然のように貪ることのできる自己愛の塊である。

だから、結月の愛情は届かない。彼女はそう思っているようだ。

「片思いが実ると思っているほどわたくしは世間知らずな乙女ではありません。まぁ、いい恋をさせてもらいました……そうやって美化した思い出に浸りながら、わたくしは残りの人生をつつましやかに生きていきます。それでいいんです」

「……それでいいわけ、ないだろ」

あれ？　俺にしては、珍しいけど……少し、苛立(いらだ)っている？

彼女の卑屈な言葉は聞いていられないほどに腹立たしかった。

なぜなら、彼女はまるで『中山幸太郎』みたいなことを、言っていたからである。

「怒られても、困ります」

でも、結月には届かない。俺の想いなんて彼女にとっては関係ないのだ。

「わたくしみたいな人間の人生は、こういうのがお似合いですよ」

それから、結月はニッコリと笑った。

昔を思い出させるような……分かりやすい作り笑顔を。

「幸太郎さんは、わたくしと似ているところがありますから……結構、仲良くやれるのではないですか？　お互い、乗り気ではないみたいですが、そういった意味でも対等ですね。良かったです、少しだけ気持ちが楽になりました」

心にもない言葉だと分からないほど俺はバカじゃない。

彼女とは幼いころからの付き合いでもある……結月の人間性はよく理解していた。

(何を言っても、無駄そうだな)

北条結月にとって、中山幸太郎とはどうでもいい存在である。

だから何を言われたところで響かない。

どんな言葉だろうと、俺では彼女を変えることはできない。

「これから、何卒よろしくお願いしますね」

恋も人生も諦めてしまっている彼女に、縁談の解消を協力してくれ……なんて、言ったところで無駄だった――。

◆

結局、解決の糸口すら見えないまま、時間がすぎていく。

縁談の話を聞かされて数日が経過していた。しかし何もできないまま、気付けば週末になろうとしている。

「やっと明日からお休みだわ。ふぅ……疲れたぁ」

「え？　霜月さんって、疲れるほど学校で勉強してるの!?」

「してるわ。最近はお絵描きの勉強にハマってるもの」

「な、なんだ、ただの落書きか。良かった、勉強なんてされたら霜月さんが梓より成績良くなっちゃうし、このままずっとおバカちゃんでいてね？」

「『おバカちゃん』じゃないわ！　わたしはやればできる子だもんっ」

「うんうん。やっぱり霜月さんって発言がおバカですごく安心するなぁ」

「……うがー！　くらえ、でこぴーん!!」

「痛いっ!?　ちょ、ぼーりょく反対！　やめて……ねぇ、やめてって言ってるよね!?」

「あぐぅ!?　チョップされた！　幸太郎くん、助けて……チョップされたー！」

………………。

この二人がいるとシリアスな気分にすらさせてもらえなくて、思わず苦笑してしまった。

まぁ、悩んだところで問題がすぐに解決するわけじゃない。

とりあえず今は、二人が騒ぎすぎて周囲のお客さんの迷惑にならないように、目を光らせておこうと思った。

「二人とも、少し静かにしようか」

「そうよ！　あずにゃん、うるさくしないでくれるかしら？」

「はぁ？　霜月さんの方がうるさいんだからね！」

「ちょ、ちょっと……せっかく外食に来てるのに、喧嘩はしないで」

そう。俺たちは今、最寄りのファミレスに来ていた。実は食材の備蓄が切れて料理が作れなかったのである……まぁ、たまにはこういうのも悪くないだろう。

「ええ、幸太郎くんの言う通りだわ。わたし、普段はママが外食なんて許してくれないのよ？　たまにしか行けないのだから、もうちょっと楽しませてほしいものね」

「梓だってそうだよ！　普段はおにーちゃんのそこそこの料理ばかり食べてるんだよ？　健康には良さそうだけど薄口ばかりで飽きてるんだからねっ」

一応、ファミレスということもあって幼い子供連れのご家族も多い。

そのおかげか店内は賑やかなので二人が目立っているわけじゃないけれど……やっぱりマナーとしては良くない気がした。

まるで威嚇する子猫同士である。微笑ましいけれど、このままだと延々に終わりそうにないので……さすがに仲裁に入った。

「喧嘩を続けるなら明日のおやつがなしになるけどそれでもいい？」

「「ごめんなさい」」

　二人とも甘い物が大好きで、欲望に忠実である。

　だから、おやつ抜きは万能の魔法の合言葉になっていた。いつもこれを言えば大人しくなるので、チョロい……ではなく、かわいらしいと表現しておこうかな。

「あずにゃん、少しだけ仲直りしておきましょう。そして、デザートをおねだりするの。さっきメニューを見たらすごく美味しそうなのがたくさんあったわ」

「うん、そうだね。明日のおやつのためにも……あと、たまには薄口じゃない料理を食べるためにも！」

「……俺の料理って、そんなに薄いのか」

味見はしているつもりだけど、梓はちょっと物足りないようだった。

でも、塩分の量とかがどうしても気になって、あまり濃い口にはしたくないなぁ。

「愛情という調味料が入っているからわたしは好きよ？」

「梓には少しだけ物足りないけどね」

「だったらあずにゃんが作ればいいじゃない。用意してもらってそう言うのはダメよ」

「……そ、そんなの言われなくても分かってるしっ」

「あ！　なるほど、ツンデレしてたのね。本当は感謝してるけど、構ってほしくてツンツンしてたのかしら？　なにそれ、かわいー！」

「つ、ツンデレじゃないもん!!」

まぁ……うん。兄弟だから、なんとなく分かってるよ。

梓が感謝してくれていることだってもちろん伝わっている。

だからこそ、薄口と言われても腹は立たない。

あと、健康のために味付けを変えるつもりもないので、梓の言葉は聞き流しておいた。

「ねぇねぇ、あずにゃん。これ見て……デザート、どれがいいかしら？」

「おー！　すごく美味しそうだねっ。んー、チョコレートケーキも捨てがたいけど、どうせならパフェも食べたいなぁ」

「クレープもある！　うぅ、こんなことならパスタを大盛りにしなければ良かったわ……」

「霜月さんって結構食べるよね……それなのにどうして太らないの？」

「リングでフィットネスしながらアドベンチャーをしてるからよ」

「ふーん？　あれってやっぱり――」

喧嘩が終わって熱が冷めたからだろうか。梓としほが仲良くオシャベリを続けている。

普段は言い争いも多いけど、だからこそ二人には遠慮がない。

わざわざ席を隣同士で座るくらいに仲がいいのである。

梓の兄として、それからしほの友達として、二人が友達でいてくれるのは嬉しかった。

（この関係も……もしかしたら、俺と結月の縁談で壊れるかもしれないよな）

しほが俺たちと仲良くしてくれているのは、彼女が好意的だからである。

自分で言うのは抵抗があるけど……しほの愛情を感じ取れないほど俺は鈍感じゃない。

彼女の想いに報いたい。その想いは今も消えていない。

だからこそ、結月との件は二人が気付く前に解決しよう。

そう、改めて決意するのだった――。

◆

「……こんなもんでいいか」

週末。予定通り叔母さんと一緒に出掛けて隣町まで来ていた。

もう買い物は終わっている。今日もいつものようにメイド服を着こんでいる叔母さんは、車の後部座席に買い込んだ荷物を載せていた。

「買い忘れたものはねぇよな？」

「うん。たぶん大丈夫だと思う」

確認のためにもう一度荷物を眺めてみる……それにしても量が多いな。

中山家の分は大したことないのに、一人暮らしであるはずの叔母さんがたくさん購入しているのが、すごく不思議だった。

特に、一人では飲みきれない量の酒やジュースを買い込んでいるので、どうやって消費するのか気になってしまう。

「叔母さん、こんなにたくさんどうするの？」

「黙れクソガキ。お姉さんって呼べ」

出た。叔母さんは答えたくない質問をされたら決まって『黙れクソガキ』と言う。

余計な詮索はするなと睨まれてしまった。

身内だけど叔母さんには秘密が多い。知っているのは年齢が三十三歳で独身ということくらいだ。まぁ、無理に聞き出したいとは思っていないけれど。

「ちっ。さすがに買いすぎたか？　ここのスーパー、酒が安いからついつい買いすぎちまうな……あたしのかわいい相棒よ、もうこれ以上は傷物にならないでくれよ」

ただでさえ低い車高なのに荷物をたくさん積むものだから、車の底は地面につく寸前だ。

本当にこの状態で走れるのだろうか？

「普通の車を買えば良かったんじゃないかな」

「この車の方がかっけぇだろ。ガキにはこの良さが分からねぇのか」

大型バイク、車、タバコ、酒、などなどが叔母さんの趣味である。

若い頃は不良……というか、いわゆる『ヤンキー』だったらしい。その名残が三十三歳になっても抜けていないようだ。

だからこそメイド服に違和感がありすぎてとても気になる。

「すまねぇ。ちょっと一服させてくれ……ニコチンがねぇとあと二時間も運転できん」

それから叔母さんは俺の返事も待たずにタバコを吸い始めた。

さて、ちょっと時間もできたことだし……昨日から予定していたことを、そろそろ実行するとしようかな。

「あの、スマホを借りてもいい？」

「別にいいけどよ……何をするんだ？」

胸の谷間からスマホを取り出してこちらに放り投げてくる叔母さん。

「そういえば、幸太郎はスマホを持ってなかったな。いいかげん連絡用に買え……用事がある時に困るだろ」

「……そうかな」

今までは特に不便もなかったけど……いや、これからはしほと連絡を取りたいし、そろそろ購入してもいいのかもしれないなぁ。

と、そんなことを考えながら、変な生温かさのある端末を操作……電話の履歴から『姉貴』という文字を見つけてから、軽く息をついた。

少しだけ間を置くためにも、叔母さんの質問に返事をしておく。

「……母さんに連絡を取ろうと思って」

「姉貴にか？　やめといた方がいいと思うけどな」

「どうしても直接言わないといけないことがあるんだよ」

「やっぱり縁談のことか？　てめぇ、イヤそうにしてたもんな」

「うん。どうしても受け入れられなくて」

叔母さんも察してはいたのだろう。煙を吐き出しながら苦笑している。

「好きにしろ。辛（つら）くて泣きだしたらこの大きな胸で癒してやる」

「……俺、あんまり大きさには興味ないかもしれない」

「っ!?　そんな男がこの世にいんのかよ……」

そこまで驚かなくてもいいのに。

でも……今はそのふざけた言動がありがたい。おかげで少しだけ緊張が解けた。

「じゃあ、電話をかけるから」

震える手でスマホを操作して通話ボタンを押した。

……本音を言うなら、電話なんてしたくない。

でも、結月の様子を見て『俺が何とかするしかない』ことを理解した。

諦めて、投げやりで、無気力な彼女はどうにもならない。

縁談を断るためには『母さんを説得する』しか方法がないと思ったのである。

怖くても、苦しくても、辛くても、やらないといけない。だからやるんだ。

もう、何もできなかった頃の俺とは違う。

中山幸太郎だって成長している。

宿泊学習では竜崎に抗った。

文化祭ではメアリーさんに一矢報いた。

もうただの『モブキャラ』なんかじゃない。

今の『中山幸太郎』なら、過去のトラウマだって乗り越えられるはずだ。

「――何か用事か？」

数度の電子音の後。前回と同様に『もしもし』と言う時間すらもったいないと言わんばかりに、母が電話に出た。

相変わらず無機質で平坦な声である。

それを聞いて身がすくみそうになったけど、勇気を振り絞ってなんとか言葉を発した。

「すみません、幸太郎です。叔母さんの電話を借りて電話をかけてます」

「同じ質問をさせるな。お前が千里であろうと幸太郎であろうと私の言葉は変わらない」

電話相手が息子でも母には関係ないのだろう。

「私の時間を奪っていることを自覚しろよ？」

冷たくて、厳しい言葉が心に突き刺さる。

気を抜いたら座り込みそうになるほど、足が震えていた。

寒いのはきっと、冬だからだけじゃない。

産んでくれた母から発せられる冷気で心が凍りそうだった。

「……縁談の話、ですけどっ」

まずい。声が、出にくい。

息が苦しい。頭がもう『何も言うな』と命令している。

これ以上言ったら、昔みたいに辛い思いをするぞと警鐘を鳴らしている。

でも、それを無視して強引に言葉を続けた。

「俺は――イヤです」

自分の意思をハッキリと告げる。

理由を伝える余裕はなかった。理解してほしくて言ったつもりもなかった。

論理ではない。感情的に『イヤだ』ということを示したのである。

それが最適な言葉だと思っていた。

だって、子供がイヤがるようなことを親はしない……と、そう思っていたけれど。

「だからどうした？」

微塵のためらいもなかった。

一拍すら考えることもなく、母は即座に俺の意思を踏みにじったのだ。

「お前の意思で変更が可能になる案件ではない」

「で、でも！　そんなのおかしいと思います。子供が望まない結婚をさせるなんてっ」

「私もそうだったが？」

——その一言が、俺の勇気さえも凍らせた。

「お前の父親は私が望まない結婚をした相手だ」

「……だったら、なんで俺にも同じことをさせるんですか？」

自分が辛かったのなら。

同じ思いを、子供にさせないでほしい。

俺ならそう思う。でも、母はそう思わないらしい。

「そうすることでしかお前を産んだ損失を補填できないからだ」

損失？　なんだよ、それ。子供を負債みたいに言わないでほしい。

しかし、母は止まらない。

「先方も乗り気だ。今更、お前の意思なんて関係ない。近いうちに北条の家と顔合わせがある……私は仕事で行けないが、千里に出席するよう言っておくから、失礼のないようにやれ。これ以上、私を失望させるなよ」

そう言って母は一方的に電話を切った。

理不尽な言葉に、俺は結局……大して言い返すことができなかった。

(何が、成長した——だよ)

今の俺ならトラウマを乗り越えられると思っていた。

ちゃんと意思を示して、母に抗えると思っていた。

だけど俺は、変わっていない。

昔と同じように……母の言いなりだった。

何もできない。言われたことしかやらない。意志のないただの『人形』である。

成長なんてしていない。俺の根っこは何も変わっていない。

つまり……中山幸太郎はまだ『モブキャラ』のままだった――。

◆

「…………」

母に電話をした帰り道。叔母さんは何も言えなくなった俺を助手席に座らせて、無言で車を走らせている。

その気遣いがありがたい。今はオシャベリなんてする気になれなかった。

流れる風景を眺めて、過剰に響くエンジン音に耳を傾けていると、少しずつ気持ちも落ち着いてくる。

でも、頭の中から母の言葉は消えない。

『お前を産んだ損失を補填できない』

その言葉に想像以上にショックを受けている自分がいた。

やっぱり母さんは俺の存在を疎ましく思っている。

(俺が何もできないから、母さんは俺を愛さなくなったんだろうなぁ)

自分の無能さが全ての原因だ。

何もできない『モブキャラ』だから、俺は母さんに愛されなかった。

……いや、本当にそうなのか？

そういえば、俺はいつから自分をモブキャラと定義するようになったのだろう。

モブキャラと思い込むようになった原因をよくよく考えてみると……それすらも、やっぱり『母親』かもしれないと、思い出した。

（そうだ。母さんに失望されて……俺は自分がどういう存在か分からなくなった）

何もできない自分は、いったい何者なのか。

その答えがずっと分からないまま、俺は生きていた。

自己否定と自己嫌悪のループに苛（さいな）まれて、自分自身に価値を感じられなくなって……漠然と自分は『無意味な存在』だと思っていた時に、読んでいた本でとある存在を知った。

物語の端役。

いてもいなくてもいい存在。

誰からも認識されないようなどうでもいいキャラクター。

まるで俺みたいな存在が、どの物語にも出てくることを知って……これが自分だと思うようになったのである。

それこそが『モブキャラ』だった。

そう自分を定義してから、やっと自分のやるべきことを理解した。
モブらしく、端っこで大人しくしていればいい。
モブらしく、自分の意見は言わなくていい。
モブらしく、求められたことをやっていればいい。
モブらしく、退屈でつまらない人生を歩めばいい。
そう思い込んで……俺は全てを諦めてしまったのである。
『どうせ俺はモブだから何もできない』
努力を放棄する言い訳にばかり使っていた。
まるで『ロボット』みたいに無表情で、言われたことしかやらずに、淡々としていた。
モブとしてこのまま人生を終えるのだと……そう思っていた。

――彼女と、出会うまでは。

（あんなに、しほに救ってもらっても……お前はまだ『モブ』なのか？）
声が、響く。
文化祭でも聞いた声が、頭の中でもう一度蘇（よみがえ）る。

うるさい。黙れ。出てくるな。

（今回も俺が解決してやろうか？）

俺らしくない荒んだ声に顔をしかめる。

声をかき消すように頭を振っても、そいつはまだ存在し続けた。

（すべてを諦めたなら代われ）

声の主は、俺だ。でも、本当の俺ではない……違う『中山幸太郎』である。

（モブを演じるお前と、悪役を演じる俺。どっちも大して変わらないからな）

道理でしほが俺の告白を聞き入れてくれないはずだ。

彼女が好きなのは本当の『中山幸太郎』だと思う。

でも、今のところ俺はモブを演じてしまう瞬間がある。だからこそ彼女は違和感を覚えて関係を進展させることをためらっている。

そう考えるとなんだか納得した。

あんなに好意的なしほが心配しているのは、俺自身の本当の気持ちなのだろう。

「……っ」

悔しい。何もできないでいる自分が、情けない。

拳を握って、歯を食いしばる……しかしこらえきれずに、涙があふれてきた。

くそっ。なんで母さんの言いなりになることしかできないんだろう？

モブでいることなんてもうやめろよ。

本当に、お前は……俺は、中山幸太郎は、どうしようもない人間だ。

（前も同じことを言ったが、もう一度言っておくか……そうやって自分を責めたところで何も変わらない。自分を傷つけて、違う痛みで気を紛らわすような弱さを捨てろと、俺は言ってるんだけどな）

……そんなの、分かっている。でも、自分を否定せずにはいられない。

そうすることでしか、中山幸太郎を、自分を守れなかった。

「お、おい、泣くんじゃねぇよ……男だろうが」

さすがに叔母さんも見ないふりをできなかったのだろう。

慌てた様子で車を止めてシートベルトを外したかと思ったら……そのまま俺の頭を掴んで、自分の胸に押し付けてきた。

柔らかくて生温かい。

それでこの人は何をしてるんだ？

「落ち着くだろ？　男は単純な生き物だからこうしたら大抵なんとかなるってダチが言ってたからな……とりあえずおっぱい揉んどけ」

……この場面でそんなこと言われても、困る。

「今はシリアスだから、できれば面白いこと言わないで」

「面白いこと言ってるつもりはねぇよ」

「あと、タバコくさくて気分が悪くなりそう」

「おっぱいのエロさで相殺しろ」

「そんなにエロくないよ」

「んなわけねぇだろ!?　Ｆカップはファンタスティックのだからな」

叔母さんと会話していたら、少しだけ気が楽になった。

本当に……この人にはいつも助けられている。

母と連絡を取る時は決まって叔母さんが隣にいてくれる。

存在そのものがコミカルなので、何があっても叔母さんを見るとシリアスになりすぎずにいられた。

くよくよ悩んでも仕方ないことなんて分かっている。

（分かってるならいいかげんにモブでいることをやめろ）

でも、どうしても……頭の声は消えなかった——。

第三話
あなたじゃないとやだ

時間が流れていく。

ゆっくりと時計の針が刻まれていく。

十一月の下旬。ついにこの日がやってきた。

「あきはばらー！」

電車を降りて、眼前の看板に指をさしながらしほが声を上げる。

そこには『秋葉原』という文字が書かれていた。

そう。今日は待ち望んでいたデートの日。

「わたし、とても偉いわっ。先週あたりなんて、好きなキャラの新衣装が出てきてガチャの誘惑がすごかったのよ？　でも、幸太郎(こうたろう)くんの顔を思い出してグッとこらえていたの。ねぇねぇ、すごいでしょう？　偉いでしょう？　だからちゃんと褒めるのが幸太郎くんのお仕事だと思うのだけれど、どう思う？」

しほの口数がいつもより多い。

普段から俺の前ではオシャベリだけど、今日は特に勢いがあった。

……いや、今日に限った話ではないか。今週はデートが楽しみだったみたいでずっとテンションが高かった気がする。

おかげで、俺の異変もバレていなかった。

聴覚の優れているしほは他者の感情に敏感である。母のこともあって、何か勘づかれるかもしれないと思っていたけれど……意外と大丈夫だったので安心した。

しほの楽しみを奪いたくない。

だから、今は母のことなんて忘れてデートを楽しもう。

「しほは偉いよ。生きてるだけですごく嬉しい。生まれてきてくれてありがとう」

「むふっ♪　そこまで言われるとすごく気分がいいわ」

本当にご機嫌だ。いつの間にか握られていた手は、ブンブンと前後に振られている。

歩くペースもいつもより速い。俺は引っ張られるように歩いていた。

「やっぱりアニメの聖地なのね。広告がすごい！」

駅の壁にある電光掲示板には、話題のアニメや新作の漫画、ライトノベルの情報などが掲載されていた。

他の駅ではなかなか見られない光景だと思う。彼女はそれを見てはしゃいでいた。

「見ているだけでワクワクが止まらないわっ」

「しほもアニメとか大好きだからね」

「うん！　すっごく好きっ。巨人や鬼と戦ったり、違う世界でスライムとか剣になったり、喫茶店で女の子とわちゃわちゃしたり……そういうのを見てるだけで幸せになるわ」

家でも彼女はよくアニメ鑑賞をしている。俺も一緒に見ているので、自然とそういう知識も身についていた。

「最初はどこに行くんだっけ？」

「アニメ○トがいい！　その近くにとらの○なとメロ○ブックスもあって、アクセスしやすいみたいなの！」

「分かった。お昼もどこかで食べる？」

「もちろん！」

現在、午前の十一時。

まだお腹(なか)は空(す)いていないので、少しぶらついた後でどこかの飲食店に入ろうかな。

そうやってしほとオシャベリしながら通りを歩いていると……チラシを配るメイドさんを見かけた。

噂(うわさ)には聞いていたけど、やっぱりいるんだ。

メイドさんはニコニコと笑顔を振りまきながら通行人と話している。それから観光客らしき方々と写真を撮影していた。

「わっ。みてみて、幸太郎くん……メイドさんだー！」

しほも見つけたようだ。喜びのあまりに声が大きい。

そのせいか、撮影を終えたメイドさんがこちらに意識を向けた。

「ハロー♪」

「………こ、こんにちゃっ」

あ、久しぶりに見た。さっきまでめちゃくちゃテンションが高かったのに、しほは話しかけられると急におとなしくなる。

彼女は『人見知り』していた。

「あ、日本の子なんだ。ごめんね～」

ただし、メイドさんは対応に慣れている。

おどおどするしほを見ても笑顔を崩すことなく、こちらに歩いてきた。

長身の美人さんだけど、うーん……長い黒髪がちょっと不自然な気がする。

同じくらいの長さの結月(ゆづき)に比べると、艶やかじゃないというか……人工的？

そんな感じがして、なんだかうさん臭さを感じてしまった。

「こ、幸太郎くん。ちょっとお話ししてみてっ」

おっと。しほが俺の後ろに隠れてしまったので、代わりに前に出て返事をした。

「彼女、こう見えて英語の成績は赤点ギリギリなんですよ」

「それは言わなくていいのに！」

「学生さんかな？　初々しくてかわいいね～」

そう言いながら、メイドさんはチラシを一枚差し出してきた。

「良かったらお店に来ない？　ワタシ、午後は店内にいるからサービスしちゃうよ？」

「……ワタシ？」

私、だよな？　あれ、なんかこのイントネーション……聞き覚えがあるような。

あと、近くで顔を見ているとどうも初対面じゃない気がして、落ち着かなかった。

「い、いいい行く！　行きましゅ！」

「ありがと～。ちなみに、ご主人様って呼ばれたい？　お嬢様がいい？　それともお姫様？　お姉ちゃんでもいいけど、何がいい？」

「えー!?　ど、どどどうしよう……やっぱり王道のご主人様？　いえ、お姫様も捨てがたいっ。でもここはお姉ちゃん――はあずにゃん専用だから、やっぱりご主人様がいいのかしらっ。うぅ、悩むぅ～」

「女の子だから、オススメは『お嬢様』だよ。お金持ちの娘がメイドに奉仕されているみたいで素敵じゃないかな？」

「じゃあお嬢様で！」

しかし、しほは俺と違って何も気付いていないように見える。

首を何度も振ってメイドさんにデレデレしていた。

「はーい。それで、キミはどうする？」

今度はこちらに目を向けるメイドさん。

瞳の色はサファイア色である。この色、どこかで見たんだけど……どこだっただろう？

うーん。ダメだ、思い出せない。

「俺は……俺も、普通でいいです」

「じゃあ、ご主人様って呼ぼうかな。バイバイ、お店で待ってるから来てね～」

そして会話は終わった。

メイドさんは持っているチラシをポケットに強引に突っ込んで歩き出す。

あれ？　余っている分は配らなくていいのか？

なんだか変な人だった……。

「幸太郎くん、お昼ご飯は決まったわ……メイドさんよ！」

「メイドさんは食べられないよ」

「『もえもえきゅんきゅん♪』ってしてもらえるのかしら？　楽しみっ」

しほは相変わらずはしゃいでいる。メイドさんのことも気にしていないようだ。

……俺の思い過ごしかな？

色々あって考えすぎてしまっているのかもしれない――。

◆

アニ○イトやと○のあななどの専門店は、狭くて縦長で商品が多い。

そして人も結構いるので、窮屈なのは否めない。階段も人が二人も並んだらスペースがなくなるので、基本的に店内ではしほと一列に並んで歩いていた。

「幸太郎くん、同人誌ですって。初めて見るかも……あ、地下にあるみたい！」

「地下？　え、ちょっ――」

「うにゃー!?　こ、幸太郎くんにはまだ早いフロアよっ」

「分かってるから、しほも早く戻ってきて！」

しほが間違えてR指定のエリアに入りかける、というハプニングもあったけれど。

それ以外は順調にデートを楽しんでいた。

そして、夢中で散策していたせいか、気付くと十四時を過ぎていた。

「そういえば、おなかぺこぺこね」

「うん、そろそろメイドカフェに行こっか」

「楽しみ！　オムライスに文字とか書いてもらえるのかしら……！」

お昼時からはズレてしまっているけど……まぁ、混雑する時間帯ではないので、お店を利用するには都合がいいかもしれない。

チラシに描かれている地図通りに道を進んでいくと、表通りからやや離れた位置に目的のメイドカフェはあった。

「幸太郎くん、チラシを見た時から思っていたのだけれど……これってなんて読むの？」

「『冥土可不依』はたぶんメイドカフェでいいと思う」

オフィスビルっぽい建物の地下一階がメイドカフェとなっているようだ。他のフロアはお堅そうな企業の看板が並んでいるのに、一つだけ蛍光ピンクでとても目立っている。

やけに不自然な場所にあるような気がした。

名前もなんか独特というか……メイドカフェにしてはオラついている。

もしかして、メイドカフェという形態を偽っている変なお店かもしれない。

少しでもおかしいことがあったら帰ろう。

そう決意して地下一階に続く階段を下りる。しほがついてきていることを確認して、扉を開けると……目の前にメイドさんが飛び出してきた。

「おかりなさいませ、ごしゅじんさ――みゃ!?」

満面の笑みを浮かべていたメイドさんが俺を見て目を見開く。

一方、俺も彼女を見て腰が抜けそうになった。

「も、もしかして……叔母さん？」

そう。今、目の前にいたのはタバコと酒をこよなく愛する一条千里（いちじょうちり）さん、三十三歳。

低い身長には不釣り合いなほどに胸が大きくて、黒髪黒目の清楚（せいそ）な見た目なのにヤンキーな叔母さんが、普段は見せないような営業スマイルを浮かべて硬直していた。

「…………違います。あたしはメイドのちりちりですう～」

「いやいや、俺のおむつを替えてた人を間違えるはずないよ」

「そ、そんなにおばさんじゃないよ～」

「三十三歳」

「年齢は言うんじゃねぇよオラァ！」

そして叔母さんは被（かぶ）っていた猫の皮を投げ捨てた。

「な、なななんでここがバレた!?」

珍しく叔母さんが動揺している。

いや、俺だって別に落ち着いているわけじゃない。

だって、普段はあんなにオラついているヤンキーなのに、実はメイドカフェで働いていたなんて信じられなかったのである。

俺だってできることなら叔母さんみたいにびっくりしたい。

「ひぃいいい！　め、メイドさんがグレてるぅ！」

でも、背後のしほが俺以上に驚いていたので、逆にこっちは冷静になれた。

「しほ、怖がらなくていいよ。この人は俺の叔母さんだから」

「お、おばさん？　まさか、そんなはずないわ……わたしより幼そうじゃないっ」

話しかけられて、彼女はおどおどと顔を出してきた。

それを見て叔母さんは初めてしほの存在に気付いたらしい。

「叔母さんじゃなくてお姉さんだけどよぉ……女連れか？」

今度は違う意味で驚いたらしく、口をポカンと開けていた。

「あのクソガキだった幸太郎が女を連れて歩くなんて信じられねぇ」

「こ、幸太郎くんはかっこいいから、女の子なんて何人も連れて歩けるもん！」

いつもの調子で俺に声をかける叔母さん。

しかし、しほはそれが聞き捨てならなかったらしく、勇気を振り絞って反論していた。

でも、その発言はあまり俺の擁護ができていない気がする。

「幸太郎、てめぇはもしかして浮気性なのか？　この小娘、めちゃくちゃかわいいのに愛人のつもりかよ。だせぇな、男なら一人の女を死ぬほど愛せ」

「それは違う！　まったく……しほも落ち着いて。叔母さんは口は悪いけど中身がいい人だから、心にもないことしか言わないんだ。本当は俺のことを大切に思ってくれているし、子供のようにかわいがってくれている。つまりツンデレさんなんだよ」

「ツンデレ？　なるほど、ツンデレメイドさんってことね！」

「ツンデレじゃねぇよ！　くそっ、甥っ子にだけは職場を見られたくなかったのによぉ……誰が連れてきた!?」

叔母さんは頭をかきむしって苛立っている。

帰った方がいいのだろうか……と、迷っていたら、俺としほに声をかけてくれた長身のメイドさんがようやく姿を現してくれた。

「あ、ワタシのお客さんだ。来てくれてありがと～」

「有銘！　てめぇ、あたしの甥っ子を呼び込むんじゃねぇよ。ってか、大通りではチラシ配んなって言っただろ!?　うちはひっそりと経営していくスタイルの隠れ家的なメイドカフェなんだよ。客に一息ついてもらえるような癒しの空間を――」

「はいはい、お説教は後でね～。とりあえず、おかえりなさいませご主人様」

激怒する叔母さんを無視して、長身のメイドさん……有銘さんという名前なのだろうか。彼女が優雅に頭を下げて出迎えてくれた。

「店長の身内なの？　知らなかったな～。まぁ、どうでもいいからとりあえず座ったら？　こっちのカウンターでオシャベリしようよ」

メイドさんなのにフレンドリーである。叔母さんのせいでおろおろしていたしほも、有銘さんを見てここがどこか思い出したのだろう。

「お嬢様、こっちに来て？」

「は、はいっ。いきましゅっ」

デレデレとほっぺたを緩めて有銘さんについていった。

それを見ながら、叔母さんが俺のお尻を叩く。

「痛いよ」

「ちっ。バレたものは仕方ねぇから、まぁ座れ。サービスしてやる」

……普段から口は悪いけれど、なんだかんだいつも優しい人だよなぁ。

苦笑しながらも、促された席に座る。

少し落ち着いたので周囲を見渡してみた。

モダンな造りの落ち着いた喫茶店……叔母さんの経営するメイドカフェにはそんなイメージを抱いた。

「お嬢様、ドリンクのコーラだよ」

「わっ。あ、あり、ありがっ」

「いえいえ～。じゃあ、美味しくなるおまじないかけるね～」

現在、店内には俺としほ以外に誰も客がいない。

だからなのか、有銘さんはしほにマンツーマンで対応していた。

「『おいしくな～れ。おいしくな～れ。もえもえきゅん♪』はい、どうぞ」

「んぐっ、んぐっ……けほっ！」

「あらら～。お嬢様、コーラの一気飲みはオススメできませんね～」

「ご、ごめんなさい」

「でもかわいいから許しちゃう♪」

「いいんですか？　ありがとうございます！」

……メイドとお嬢様だよな？

立場が逆転しているような気がするけど、しほが楽しそうだしいいや。

彼女がメイドさんに夢中になっているので、改めて叔母さんに意識を戻す。

「叔母さんって何をしているのか分からなくて気になってたから、なんか安心した。てっきり、どこかの不良組織で総長とかそういうのをしているのかなって」

「そんな卍なことしてねぇよ。若い頃にやんちゃは卒業したからな……今はどこにでもいるようなメイドカフェの店長だ」

「どこにでもはいないよ。でも、だからメイド服を着ていたのかと、納得はした」

あと、買い出しの時に酒やジュースを大量に買い込んでいた理由も分かった。

お店で出すために仕入れていたのだろう。

「メイド、好きなの？」

酒、タバコ、車、バイク……と、あらくれ者みたいな趣味の中で『メイド』というジャンルはとても浮いている。

良く言えばギャップがあってかわいい。

悪く言えば、叔母さんらしくないと思った。

「……好きっつーか、憧れ？　いや、これはたぶん『尊敬』だろうな」

ただし……メイドに関しては、ただの趣味とは言えない事情があるらしい。

いつもよりも少し真面目な顔で、叔母さんはメイドが好きな理由を教えてくれた。

「うちの実家が昔は金持ちだったたって前にも言っただろ？」

「うん。叔母さんが子供の時の話だよね？」

「お姉さんだけどな……あたしが小学生の頃、うちの家もまだ金があったから家に『胡桃沢さん』って使用人がいたんだよ。いわゆる『メイド』だ」

……それは初めて聞いた。叔母さんが子供というと、二十年以上前の話だろう。

「その人が大好きだったんだ。仕事しかしねぇ両親に代わってあたしと姉貴の世話をしてくれてたんだよ。遊んでもらったし、色々と教わった」

「その影響でメイドカフェをやってるってこと？」

「ああ。そうなるだろうな……うちの両親が散財して仕方なく解雇して以来、会ってねぇけどよ。あと、その直後にグレてどうしようもねぇ数年間を過ごしたが、とにかく胡桃沢さんみたいになりたくてメイドカフェを立ち上げたんだよ」

なるほど。つまりは尊敬しているから、その背中を追いかけている――ということになるのかもしれない。

「メイドカフェは厳密にいえばメイドじゃねぇけどな。まぁ、気分だけでも味わえればそれでいい……あの人みたいに誰かを支えられるような存在になりたかったんだ」

昔を懐かしむように目を細める叔母さん。

当時のメイドさんを心から慕っていたのだろう。いつもより表情が柔らかかった。

「その人とはもう会えないの？」

「風の噂では学園を経営している、みたいな話を聞いたが……詳しくは知らねぇ。とにかく、胡桃沢さんはあたしの恩人だ。二人いるうちの一人だな」

「二人？　じゃあ、あと一人は――」

と、質問を続けようとしたその時だった。

有銘さんが厨房から食べかけのオムライスを持って来てしほの前に置いた。

「ご注文はオムライスでいい？」

……いやいや！　それはお店としてどうかと思う。

さすがにちょっとダメだと思ったので叔母さんを見たのだが、彼女は慌てた様子もなくめんどくさそうにこう言った。

「有銘。客に一択で質問すんなっていつも言ってんだろ？」

違う。問題はそこじゃない。食べかけを指摘してほしい。

「オムライスで！」

そしてしほも素直に頷かないでほしい。

「へいお待ち！　さっきワタシが食べようとしていた冷凍オムライスだよ～」

「有銘。せめて冷凍食品ってことは言うな。これで千二百円取ってんだようちは」

「安いっ。メイドさんの食べかけオムライスなんて一万円はしそう！」

「落ち着け、小娘。原価数百円のオムライスにそんな価値はない」

「文字はなんて書く？　オススメは『まーぼーどーふ』かな」

「てめぇの思考回路はどうなってんだ？」

「じゃあそれで！」

「……幸太郎、あの小娘は大丈夫なのか？」

俺としてはこのお店の方が本当に大丈夫なのかと疑わしい。

しほも初めてのメイドさんに舞い上がってちょっとおかしいけど、有銘さんの天然な行動も、叔母さんがそれを許容しているのも、すごく不思議だった。

「幸太郎もオムライス食うか？　温めるだけだから五分あれば食えるぞ」

「……じゃあ、それでいい」

「了解。有銘、オムライスだ。幸太郎の分だから盛り付けとかやらなくていいぞ」

「はいはーい、チャーハン持ってくるね～」

「チャーハンでもいいか。どっちも冷凍だから大して変わらねぇよな……ちなみにうちでは『メイドお手製もきゅもきゅちゃーはん』って名前で千五百円で出してる」

「ぼったくりじゃないの？」

「メイドカフェなんてこんなもんだろ」

その言い方だと他のメイドカフェに失礼な気がする。

でも……うーん、サービス料が割高なだけ、と言えなくもないので声の大きい反論は難しかった。

「…………幸太郎くん、浮気？」

そして事態は更にややこしくなりそうである。

オムライスをもぐもぐと食べていたしほが急に不機嫌になった。

「え？　今のどこにそんな要素があった？」

「メイドさんとオシャベリしないでっ」

「これはメイドさんじゃなくて叔母さんだよ。三十三歳なんだ」

「年齢は関係ねぇだろヤキ入れるぞてめぇ!?」

「……むぅ」

困ったなぁ。せっかくのデートなので楽しい思い出にしたいのに……どうしよう。

少し悩んでいると、意外にも叔母さんが助け舟を出してくれた。

「小娘。てめぇがメイドやるか？」

「………え？」

突拍子もない提案にしほは目を点にしている。でも、そんなことお構いなしに叔母さんは椅子から飛び降りて、しほの手を引っ張った、

「あの、わたし、えっと……！」

「つべこべ言うな。幸太郎が他の女と話すのが気に食わねぇんだろ？　だったらてめぇがメイドになってあいつの世話をすればいい」

「な、なるほどっ」

そんな会話を交わしながら二人がお店の裏に消えていく。

後には、俺だけがぽつんと残されていた。

………何がどうなっているんだろう？

状況がよく分からないまま、待つことしばらく。チャーハンはすぐに出てくると思っていたのに、それすらもないまま一人で十分ほど待たされていた。

この流れだと、しほがメイドさんになるんだよな？

軽く想像してみる。有銘さんと似たような恰好（かっこう）になるわけだから……まぁ、うん。普通にかわいらしくはなると思う。

しかし、俺は別にメイドさんが大好きというわけじゃない。

むしろ、メイド服は叔母さんのイメージが強いので、異性として認識することも難しくなっていた。

だからしほのメイド服姿にもあまり感情は動かないかもしれない。

それはそれで彼女に失礼かな……と、不安を覚えていたけれど。

「お、お待たせしました……ごちゅじんちゃまっ」

カウンターの奥。厨房があると思わしき扉から銀髪のメイドさんが姿を現した。

「…………」

チャーハンが載っているトレイを抱えて歩く彼女を見て……思考が、停止した。

――かわいい。

とにかく、かわいすぎる。

な、なんでだろう……体が燃えているみたいに熱い。

メイド服なんて見慣れているはずなのに。

しほのメイド姿は、直視できないほどに眩しかったのである。

「あの…………どうかしら？　ちゃんと似合ってる？」

チャーハンを俺の前においで、しほは不安そうに自分の恰好を眺めている。

種類としては、有銘さんと同じタイプのメイド服。西洋風……というか、いわゆる一般的にイメージするようなメイド服の形状だと思う。

「幸太郎くん、かわいい？」

くるりと一回転してメイド服を披露するしほ。

スカートの裾がふわりと舞う。真っ白いふとももが露わになったのが見えて、すぐに目をそらしてしまった。

こんなの、見れない……！

「……っ!?　幸太郎くん、顔が真っ赤だけれど大丈夫？」

やっぱりそうなっているのか。

十一月。冬なのに体が熱くて仕方ない。

体温が上昇しているのは、全部しほのせいだ。

「大丈夫……だから、あんまり近づかないで」

「え、なんで？　もしかして似合ってないの？　メイドらしくなさすぎて嫌いになったの？　い、イヤよ……嫌いになったらダメっ」

「違くてっ！　あの……」

このまま近づかれると体が燃えそうだ。でも、俺の言葉でしほは拒絶されたと思っていそうだったので、慌ててフォローを入れた。

「かわいすぎて、まともに見られない」

どうにかこうにか、ふり絞るように出した言葉は陳腐な表現だった。

余裕がなさすぎてうまく褒められない。

かわいい、という言葉で収まるようなかわいさじゃないのに……でも、メイド服姿のしほは、それだけ魅力が増していたのである。

「え？　そ、そうかしら……本当に？」

「うん……本当に、かわいい」

心からの言葉を贈る。

そうすると、しほはたちまち機嫌を直して……はにかむように笑った。

「えへへ～」

褒められて照れているのか、しほはトレイで口元を隠した。それでも、目元だけでも分かるような、満面の笑みを浮かべている。

「そんなこと言われちゃったら、離れたくなんてなくなるわ。逆にくっついちゃう」

「だから、ダメだって。叔母さんが見てるんだよ……！」

さっきからずっとこっちを凝視している叔母さんの目が気になる。

しかし、しほはお構いなしで。

「じゃあ、チャーハンに美味しくなる魔法のおまじないをかけてあげるわ」

「さすがにそれは恥ずかしい……って言ったらどうする？」

「聞こえないふりをするに決まってるじゃない。真っ赤になっている幸太郎くんなんてたまにしかエンカウントできないんだから、楽しませてもらわないと……ね？」

メイドさんなのにこちらのお願いは聞いてくれない。

彼女は無邪気に笑いながらチャーハンにおまじないをかけてくれた。

「『おいしくな〜れ。おいしくな〜れ。もえもえきゅん♪』　はい、どうぞ！」

「……いただきます」

呪文という調味料の入ったチャーハンを口に入れる。

すっかり時間の経って冷めてしまっている冷凍チャーハンなのに……舌というか、体が変になっていてすごく美味しく感じてしまった。

さっきはしほの言葉を否定してしまったけれど、今なら分かる。

これなら一万円を請求されても笑顔で支払うことができそうだった――。

◆

それにしても、さっきからずっと叔母さんの目線が痛い。

しほのことでからかわれるかもしれない、と身構えていたけれど。

「小娘……うちで働かないか？　てめぇならすぐにこの店のエースになれる」

叔母さんは俺じゃなくてしほの方に興味を持っているようだった。

「えー。店長、ワタシがエースじゃないの～？」

「てめぇもなかなかの逸材だがな。たった一週間でこの店のトップになったのは褒めてやる……でも、この小娘には負ける」

「ハッキリ言うねぇ」

有銘さんは苦笑しながらジュースを飲んでいる。カウンター席で足を組んでいるその様はこのお店の古参っぽいけど、意外と新参者みたいだ。

「まぁ、エースって言われてもメイドは数人しかいないんだけどね～」

「うちはあたしが気に入ったヤツしか採用しない少数精鋭なんだよ……だが、うちのメイドに比べても小娘は別格だ。てめぇなら天下を取れるぞ？」

「で、でも、わたしは……あのっ」

「事情なんて気にすんな。うちはあたしが気に入ればそれだけでいいんだよ。素性なんて聞かねぇ。実際、有銘もどこに住んでて何歳でどういう人間かよく分かってねぇけど、ここで働いてるんだぜ？」

「それはまずいんじゃない？」

「怒られたらその時はその時だ。あたしが全ての責任を背負ってやる」

かっこいいこと言ってるけどずぼらなだけだと思う。

叔母さんは大雑把な性格なのだ。だからこそ、お店を経営していることが意外でびっくりしたのである。

「てめぇには男をたぶらかす才能がある。何せ、幸太郎が顔を真っ赤にして動揺するほどだ……普通じゃねぇよ」

叔母さんは俺を何だと思ってるんだろう？

まぁ、俺のことはいい。

たしかにしほはすごく魅力的だ。でも、メイドは難しいような気がする。そもそも知らない人と話すのが苦手なタイプなので、彼女本人もまったく乗り気じゃなかった。

「わたしは、その……幸太郎くん専用なのでっ」

ぺこりと頭を下げて断るしほ。

おどおどしている彼女にしてはハッキリとした意思表示。

それを見て、叔母さんはしほの決意が固いことを察したようだ。

「んだよ、意外と頑固じゃねぇか……ってか、幸太郎のこと本気で好きなのか？　物好きだな」

「物好きじゃないですっ。幸太郎くんは、素敵な人で……わたしが世界で一番、大好きな人だもん。彼以外のメイドになんてならないんだからねっ」

「ほう？　いい覚悟だ……悪くねぇ」

堂々と拒否されてしまっては、叔母さんも打つ手はないようだ。ニヤリと笑って、威嚇するように歯を見せているしほの頭をガシガシと撫でている。

「幸太郎、いい女に愛されてるじゃねぇか」

「うん。しほは本当に、素敵な女の子だと思う」

しほが褒められて俺も嬉しい。頬を緩めて、彼女の魅力をもっと語ろうとしたけれど……しかし、叔母さんの表情はあまり明るくなかった。

「でも、あの件については大丈夫なのか？　てめぇは遊びで恋愛ごっこなんてできる性格じゃねぇだろ？」

俺としほの仲の良さを感じた叔母さんは……だからこそ気になったのだろう。

それはもちろん『縁談』についての話だ。

「……あの件って何かしら？」

しほがきょとんとしている。それを見て、叔母さんは状況を察したようだ。

「おい。まさか、幸太郎……まだ伝えてなかったのか？」

「……うん」

頷くと、叔母さんは目を鋭く細めた。

「こういうことは話しておいた方がいい。てめぇを見てたら分かる。彼女は特別なんだろ？　だったら、ちゃんとしろ」

厳しい言葉に、心がギュッと締め付けられた。

言わないことが最適解だと思っていた。

でも、叔母さんにはそれが『誠実ではない』と見えるのだろう。

「え？　ど、どういうこと？」

しほも何かがあると察して混乱していた。

もうここまでくると、隠すことはできない……逆に黙っている方が不自然だ。

「…………」

だけど、何も言うことはできなくて——そんな俺の弱さを、叔母さんは許さなかった。

「幸太郎には許嫁（いいなずけ）がいるんだ」

……その瞬間、時間が止まった。

「——え？」

しほがきょとんとしている。

何を言われたのか分からない。

そう言わんばかりの態度で叔母さんを見て、それから次に俺を見た。

『冗談でしょう？』

そう問いかけるような目線。

でも、事実なので……どうしていいか分からずに、俺も硬直してしまう。

分かっていた。いつかは、しっかり言わなければいけないことだということを。

でも、伝える前に縁談の件をなかったことにしてしまえば、しほが不要に傷つくことを避けられると思ったんだ。

だから、彼女には知ってほしくなかった。

でも、その選択はもしかして、間違えていたのだろうか。

「幸太郎くん、本当なの？」

「…………うん、ちょっと色々あって――」

説明を試みる。

こうなった経緯をまずは伝えようとして……でもそれは、できなかった。

「やだ」

しほが、首を横に振る。

「やだ……絶対に、やだっ」

その目からは、大粒の涙がポロポロと零れていた。

「わたしじゃない人と幸太郎くんが結婚するなんて――やだ！」

駄々をこねるように。

まるで、自分の感情が言葉にできなくて、泣きじゃくる子供みたいに。

「やだぁ」

ポロポロ……なんてレベルじゃない。

しほの涙がドバドバと流れて、頬から滴り落ちる。

「うぅ……幸太郎くんがいない人生なんてやだっ。わたしを愛してくれないなんてやだ！

わたしだけの幸太郎くんでいてっ。わたしだけを好きでいて！　わたしだけのかわいいあなたでいて……！」

泣きながら彼女は俺にしがみつく。

『絶対に離さない』

そんな固い意志が、握られた洋服越しに伝わってくる。

「幸太郎くんが他の人と結婚するなら、幸太郎くんをぶっ殺してわたしも一緒に死んでやるっ。そうすればあなたは永遠にわたしだけのもの……そうすれば、あなたが愛した人は人生でわたしだけ……！」

動揺のあまり、ヤンデレしほちゃんが少しだけ顔を覗かせてもいた。

普段はまったく姿を見せないレアな彼女である。

それだけしほは、俺のことを思ってくれているのだろう。

「わたしは『幸太郎くん』じゃないとダメなのに」

しがみつくように、俺に抱き着きながら。

胸元を涙で濡らしながら、しほが叫んだ。

「あなたじゃないとやだ」

その言葉を耳にして……しほの涙を目の当たりにして、ふと思った。

俺、何をやってるんだろう？


もう泣かせないって。

しほには笑顔でいてほしいって。

そう思っていたんじゃないのか？　また、泣かせているぞ？　悲しんでいるぞ？

それでいいのかよ……！

（俺が変わるか？）

声が、聞こえる。

荒んだ声の主は、悪役を演じている時の俺だ。

（何もできないなら俺に託せ。俺がしほを幸せにしてやる……モブキャラのお前は引っ込んでろ。これ以上、しほを泣かせるな）

そいつが、俺を蝕もうとしている。

中山幸太郎を支配して、別の俺になろうとしている。

なんとなく、分かる。こいつに任せたらきっとうまくいくはずだ。

俺とは違って思い切りのいい人格で、嫌われても構わないという覚悟があって、傷つけてでも守ろうとする強さもある。

でも……しほが好きになってくれたのは、お前じゃないんだ。

だから、

（——黙れ）

強い言葉で心の声に返答する。

この声は、悪役でもモブでもない……誰も演じていない、素の中山幸太郎の声だった。

（傷つけることでしか守れないお前は、出てくるな）

悪役の俺にはなれない。

攻撃的な性格は、俺らしくない。

（傷つくことでしか守れないお前も、もういい）

モブキャラの俺も要らない。

自分を否定することで予防線を張るような臆病さには、もううんざりだった。

モブキャラだと思い込むのはもうやめろ。

お前は——しほの『主人公』なんだから。

「ごめん……しほ。俺、実は結月と許嫁になってるんだ」

泣きじゃくるしほを、俺からもそっと抱きしめる。

「やだっ。わたし、幸太郎くんが好き」

「うん。分かってる……俺だって、しほが好きだよ」

「じゃあ、なんでっ」

「……母が、勝手に決めたんだ」

そう伝えると、しほは少しだけ安堵したように涙の勢いを弱めた。

「わたしのことが嫌いになった……わけじゃない？」

「もちろん。俺が好きになったのは、人生でしほ一人だけだ」

それは今だけの話に限らない。

これ以上好きになれる存在は今後の人生でも絶対に出てこない。

それくらい俺は……中山幸太郎は、しほを愛している。

これは誰も演じていない、俺自身の本当の想いだ。

「メイド服を見るだけでドキドキするような女の子は、しほしかいない」

人を好きになるって、どういうことか分からなかった。

自分のことも好きになれないから、他者を愛する感覚が分からなかった。

でも、今なら分かる。

しほだ。俺が好きなのは、しほである。

しほと一緒にいると、心が温かくなる。

ふとした瞬間にドキドキして、胸が熱くなる。

これが『恋』なんだ。

人を好きになるって、こういうことなんだ。

「──縁談はちゃんと断るよ。だから、大丈夫」

そう伝えて、彼女の頭を優しく撫でる。

しかし、しほの涙は止まらない。

「うぅ……絶対に、絶対に、絶対に、ちゃんと断ってね？」

まだ、しほは笑う気分になれないようだ。

それはきっと、縁談がなくならない限り……彼女の心からの笑顔は見られないだろう。

そんなことあってはならない。

大好きな人の笑顔が見られないなんて、そんなの耐えられないから。

「もうそろそろ、クリスマスだね」

「……う、うん。そうだけど、それがどうかしたの？」

「その時に──俺の気持ちを伝えるよ」

……まさか、こんなことになるなんて思っていなかった。

「え？　それって、つまり……そういうことなの？」

「うん。クリスマスまでにはちゃんと縁談の話も解決する。母とはあまりうまくいってないけれど……どうにかするよ。だから、しほもちゃんと心の準備をしててくれ」

「え？　え……えー!?」

こんな俺が……告白の予告をするなんて、夢にも思わなかった。

しほもこちらの意図を察しているのだろう。戸惑うような、だけど嬉しそうな、それでいて涙はまだ止まらなくて、もうわけが分からないと言わんばかりだ。

だけど、俺も自分を止めることができなかった。

中山幸太郎って、意外と大胆なところもあるらしい。

なんだ、良かった。俺はやっぱりモブなんかじゃない。

モブキャラなら、こういう時におろおろするだけだっただろう。

俺は、俺だ。

中山幸太郎が、中山幸太郎であることに意味がある。

それをようやく理解できたような気がした——。

第四話　昨日の敵は今日の友

しほが泣いてデートどころではなくなった。

なかなか泣き止まない彼女に謝り続けて、なんとか落ち着いた時にはもう夕方になっていて……そのまま電車で帰ろうとしたら叔母さんが車で送ってくれた。

「しほ、また明日」

「……うん。バイバイ」

やっぱりしほに元気はない。

去り際には手を振ってくれたとはいえ、勢いは弱々しかった。

告白宣言をしたことで少しだけ安心はしたみたいだけど、結局笑顔は見ていない。

それだけ俺のことを強く思ってくれているのだろう。

彼女のことを思うと、心が痛い……不甲斐ない自分に腹が立ってくる。

でも、自分を責めるだけで何もしないのはもう終わりだ。

怒っている暇なんてない。もう覚悟はできている……そんな状態の俺を見て、叔母さんも何か変化を感じているようだ。

「てめぇが感情的になっているところを初めて見た」

車を運転しているので目線はこちらに向いていない。

でも、この人はちゃんと俺のことを見てくれていた。

「何事に対しても冷静で、論理的で、俯瞰(ふかん)しているように物事を考えていて、達観しているところがガキとは思えなかった……やっぱり姉貴の子供だと思ってたよ」

……なんだかんだ俺もあの母親の子供なのだろう。

叔母さんから見て、似ている部分もあったらしい。

「だから、泣いた時はびっくりしたんだよ……まさかてめぇが泣くなんて思わなかった。ガキの頃から手がかからなくて、だからこそ心配だった」

たしかに、泣いた記憶なんてほとんどない。

幼少期ですら……母に気を遣って涙をこらえていたような気がした。

「泣いてた意味がやっと分かったよ。あの小娘が理由なんだな……なんだか安心した。てめぇは姉貴と違う。誰かを思って泣けるのなら、怒ることができるなら、十分だ」

表情は先程からずっと変わらない。

でも、いつもよりほんのわずかだけ……声が優しかった。

そういえば今日はタバコを吸っていない。

普段から女性の前では吸わない人だけど……しほがいなくなってもタバコを取り出さなかったのは、イライラしていないということだろうか。

「ちっ。ガキは嫌いだったんだがな……てめぇを見ているとついつい調子が狂う。あんなにちびだったのに、立派に大きくなってんだな」

「……叔母さんには迷惑かけてごめん」

仕事人間の両親に代わって、俺と梓のことを気にかけてくれていたのは、叔母さんだった。この人がずっと見守ってくれていたから、俺たちはちゃんと生活できたのである。

その感謝を伝えようとしたけれど……叔母さんは俺の言葉を遮るようにこんなことを言った。

「申し訳なく思う必要なんてねぇよ。身内なんだからな……迷惑くらいたくさんかけろって言っただろ？」

――前に、俺が梓に言ったセリフ。

実はこの言葉は、叔母さんからの受け売りである。

「いつでも尻は拭ってやる。だからてめぇは……好きに生きろ」

本当に、心強い言葉だった。

何があっても叔母さんは俺の味方でいてくれる。

そう思ったら強気になれるから不思議だ。

「もし、母さんに見捨てられたら……拾ってくれる？」

俺は今から、実の母親に抗う。

過去のトラウマと、向き合う。

あの実利主義の母は、俺が役に立たないと判断したら……自立していない子供だろうと見捨てる可能性だってある。

そう思わせるほどに母は冷血な人なのだ。

「その時は住み込みでメイドカフェで働かせてやる。男の娘も一人ほしいと思ってたんだよ。稼がせてやる」

叔母さんは守ってくれると言ってくれた。いつものように、恩に着せるような言葉は絶対に使わない。口調は乱暴だけど、気遣いが本当に優しい人だ。

「できれば、厨房とか裏方がいい」

「ダメだ。てめぇならメイクすればそこそこやれる。何せ、あたしの甥だからな」

当たり前に俺のことを愛してくれていた。

それが本当に嬉しかった。

「……縁談を断るのは、本気なんだ。たぶん、母は怒ると思う」

「やれるのならやった方がいいだろうが……でも、あたしは手助けできねぇぞ？　尻は拭ってやれるが協力はできねぇからな」

普段は強気の叔母さんは、しかし母に対してだけすごく弱気になる。

やっぱり、それには理由があったようだ。

「あれでも、あたしにとっては一番の恩人なんだ……両親に反抗してどうしようもねぇ生活をしてるあたしを、姉貴は救ってくれた。メイドカフェを立ち上げる資金をくれたのも、場所を借りてくれたのも、経営を教えてくれたのも、全部姉貴なんだ」

……そういうことだったんだ。さっき、叔母さんがメイドカフェを始めたきっかけを話している時、恩人が二人いると言っていた。

一人目は幼少期に一条家で働いていたメイドの胡桃沢さん。

そして二人目は、母だったのか。

「あの荒んだ生活をしていたら、今頃どうしようもねぇ人間になってただろうな。そんなあたしを普通の人間にしてくれたのが、姉貴だった。だから、何があってもあたしは姉貴には抗わない。死ねと言われたら、言う通り死ぬ」

これが、叔母さんなりの『義』の通し方なのかもしれない。

まぁ、ヤンキー気質の叔母さんらしくもあった。

「ごめんな。幸太郎の助けには、なれない」

彼女が色々と説明してくれたのは……俺に負い目があるからか。

直接的な手助けができないことを謝ってくれているらしい。

もちろん協力してくれないことで文句なんて言わないのに。

「ううん、気にしないで。これは、俺が母に直接言わないといけないことだから……俺にしかできないことだよ」

実の子供だからこそ、言えることがある。

誰よりも近くで母を見ていた俺だからこそ……この言葉に意味が宿るのだ。

「――あなたは間違っている。そう言えるのは、俺だけだ」

母は他人の言葉を歯牙にもかけない。

でも、血と肉の通う子供の俺は、他人ではない。

冷血な母でもきっと、何かしら思うことはあるはずだ。

「あの人の思い通りになんてさせない」

ハッキリとそう言い切ると、叔母さんはニヤリと笑って俺を小突いた。

「言うじゃねぇか！　やってやれ、幸太郎。てめぇならできる！」

うん、そうだ。これは、俺の物語。

俺を……中山幸太郎を幸せにするのは、俺にしかできないことである──。

◆

さて、状況を整理しようか。

まずは俺がやるべきことを明確にしないといけない。

目的は『縁談を断る』ことだ。

そのための問題点はいくつかある。中でも一番悩ましい点は、結月が竜崎のことや自分の人生を諦めてしまっているかもしれない。

彼女がこの縁談に前向きじゃないことは明らか。

しかし、母は『北条家も乗り気』だと言っていた。それが本当か確認するために、デートに行ったその夜にはもう結月の家を訪れていた。

『ピンポーン』

「……はい、どちら様しょうか」

インターホンのスピーカー越しに聞こえてきたのは、結月の声……ではなく、彼女よりも少し大人びた声。

「近所に住んでいる中山幸太郎と申します。結月の……知り合いなのですが」

相手が誰か分からなかったので、とりあえず自己紹介からしておく。

「あら、幸太郎君？　久しぶりね……結月の母親の由利です。覚えてますか？」

やっぱりそうだったのか。

結月と声質が似ているからなんとなくそんな気がしていた。

「待っててね。今、お迎えに行きますから」

それから数分くらい待って、扉から顔を出した結月の母親――由利さんに頭を下げる。

和装姿で品のある大和撫子。それが北条由利さんの印象である。

「久しぶりですね」

「はい。ご無沙汰してます」

ご近所さんなので度々見かけるとはいえ、会話はほとんどなかった。

母がまだ俺と一緒に住んでいた時は交流もあったけれど……それ以来なので話したのは数年ぶりである。

「どうぞ、入って」

由利さんが上品な笑みを浮かべて俺を手招く。

その表情を見ると、俺に悪い感情を抱いているようには感じなかった。

……少し、探りを入れてみるか。

「あの、縁談の話はご存じですか？」

「ええ、もちろん……話が来た時はびっくりしたけれどね？　相手が幸太郎君だと知ったら安心しちゃった。中山さんのご子息だし、昔からの知り合いでもあるから、結月にとっても悪い話じゃないだろう――って、主人も言っていました」

室内に招き入れてもらって、木造の床を歩きながら由利さんの言葉に耳を傾ける。

なるほど……北条家が乗り気という話は本当なのかもしれない。

少なくとも、由利さんの様子を見た限りでは、縁談について好意的だった。

「ここが結月の部屋です……彼女のことをよろしくね」

そう言って、由利さんはこの場を歩き去った。

案内されたのは、扉……ではなく、ふすまの前。

この奥が結月の部屋だろう。ノックをしてから、声をかけた。

「あの、結月？　いきなりごめん」

「………………？」

数秒後、ふすまがちょっとだけ開いて……顔だけを出して俺を見た結月は、不思議そうに首を傾げた。

「なぜ、ここに？」

俺の訪問に対してあまり良い気分は抱いていないのだろう。表情が硬い。

部屋に招き入れようとしないのは、心を許さないという意思表示だろうか。

「縁談の話なんだけど」

「それを今、この時間に、わざわざわたくしの家に訪れてまでする必要はありますか？」

「――あるよ。もちろん、俺はこの縁談がイヤだから」

そう言うと、結月は呆れたように息をついた。

「幸太郎さんの意思なんて知りません。わたくしに言われても困ります」

「いや、結月だってイヤだろ？　だったら、ちゃんと話し合ってこんな縁談はなくしてしまおう。そのために協力してほしいんだよ」

「そんな無駄なことに意味はあるんですか？　どうせ無理ですよ」

「でも……竜崎のことを諦めるのかよ。結月はあいつが好きなんだろ？　だったら、自分の想いを無視するなんて――」

彼女を鼓舞するように、言葉に熱を入れる。本心からの言葉であれば、もしかしたら届くかもしれない……と、そう思って語りかけようとする。

「お説教なんてされても困ります」

でも、彼女はどうでも良さそうに、ため息をついた。

結月にとって俺の言葉は聞く価値すらないのだろう……やっぱりダメか。

「帰ってください」

そして結月はふすまを閉めてしまった。門前払い、と言えばいいのだろうか。

まるで相手にされなくて思わず苦笑してしまった。まぁ、そうなるよな。

落ち込んではいない。むしろ、予想通りだ。

今日はダメだった。でも、明日は分からないから、へこんでいる暇はない。

また他の策を考えよう……そう考えながら来た道を引き返していると、玄関あたりで由利さんが俺を追いかけてきた。

「あ、幸太郎君？　もう帰るのですか？」

「……はい。用事は終わったので」

「それは残念です。お茶でも飲んでもらおうかと思っていたのに」

「いえ、お気遣いだけで十分です。ありがとうございます」

そう伝えて、すぐに帰宅しようとしたけれど……由利さんはわざわざ門の前まで見送ってくれた。

「幸太郎君……引っ込み思案で大人しい子だけど、結月のことをよろしくね」

そして、去り際にこんなことを言われたのである。

なんて返答していいか分からなかったので、軽く会釈をして背を向けた。

でも……由利さんの態度がどうにも引っかかる。

結月は俺に対して関心すら抱いていないのに。

どうして母親の由利さんは、あんなに好意的なんだろう？

『結月のことをよろしくね』

そのセリフを二回も言われた。その真意はなんだ？

俺への信頼から紡がれた言葉……ではないよな。顔見知りとはいえ、信頼されるほどの関係性は築いていない。

このセリフの根っこにあるのは『心配』だろうか。

結月の幸せを願う、親心……？

なんとなくだけど、北条家の人間は結月を道具のようには思っていない気がする。

少なくとも、俺と母のように冷え切った関係性ではない。

「だったらどうしてこの縁談を引き受けたんだ？」

家までの帰り道。自問自答しながら、答えを探る。

「俺との結婚が、結月の幸せになると思っている……？」

それから思いついたのは、こんな仮説だった――。

◆

仮に、北条家が俺と結月の縁談をポジティブなものだと考えているとしよう。

しかしそれがただの勘違いで、俺と結月にとってネガティブなものだと理解してくれたら……この縁談をなかったことにしてくれるのではないだろうか？

たとえば、俺か結月が直接『こんな結婚はイヤだ』と訴えたとしよう。そうしたら、北条家側は縁談の解消を申し出てくれるかもしれない。

それが手っ取り早い方法ではある……でも、もっと良い案があるような気がした。

(このやり方は、悪役の俺っぽいよな)

ハッピーエンドとは言いにくい、強引な解決手段になる気がする。

だって、結月が救われない。今回の縁談は乗り越えたとしても、次もまた同じようなことがあれば、きっと彼女は受け入れてしまう。

可能であれば……俺だけではなく、結月にとっても良い結果で終わることが望ましい。

これは『中山幸太郎』の意思である。

モブキャラでもなければ、悪役として演じている偽りの気持ちではない。根がこういう性格なんだ。争いごととか、誰かが傷つく姿を見たくない。

しかし……残念ながら、その手段が思いつかなかった。

一晩経ってても、考えはまとまらないままで。

週明け。登校しながら、結月を救う手段を考えていた時のこと。

そんなタイミングで――彼女は登場した。

「面白いことになってきたじゃないか。キミを見ていると、すごくワクワクするよ」

最近聞いた覚えのある声音に、顔を上げると……そこには黒髪で長身の美女がいた。

その恰好は、メイド服である。

「……有銘さん？」

昨日、秋葉原で会った彼女がこの場にいた。叔母さんのメイドカフェで働いているだけの従業員であるはずなのに、通学路の途中で腕を組んで仁王立ちしている。

それがすごく、不自然だった。

「ああ、そうだ。ワタシはメイドの有銘さん。コウタロウとシホをメイドカフェに導いた案内人にして、キミの叔母であるチリとシホに接点を作らせた張本人。そして……コウタ

ロウとユヅキの縁談をチリにしゃべらせた、真犯人でもあるね」

……ああ、そうか。今、やっと分かった。

道理で出会った時から聞き覚えのある声だと思ったんだよ。

そのサファイア色の瞳に既視感があって当然だ。

「有銘さん……いや、メアリーさん？」

「正解」

俺の問いかけに、彼女は見慣れた笑みを浮かべる。

嘲笑するような、相手を小バカにする見下した笑顔。

それを見ても驚きはなかった。

ただ……なんというか、不思議なことにこんなことを思ったのである。

やっぱり戻ってきたか、と――。

◆

このリムジンに乗るのは何度目だろう？

約一カ月ぶりに乗ったけれど、未だに慣れない。座席の質感が高級すぎて肌に合わないいし、匂いもやけに甘ったるくてあまり好きじゃなかった。

「ふぅ、これでやっとウィッグが取れる……黒髪も悪くはなかったけれどね？　金髪巨乳キャラはワタシだけのものだから、それを捨てたくはなかったんだよ」

やけに人工的な黒髪だと思っていたら、ウィッグだったのか。

「でも、気付かなかったということは、それなりに似合ってはいたと思うんだ。コウタロウ、ワタシは……アリメはどうだったかな？」

感想を求められて、思わず顔をしかめてしまう。

有銘さんは……まぁ、うん。悪くはなかった。

「普通に美人だったよ」

文化祭直後、しほはメアリーさんとかなり険悪だったけれど……それに気付かずにしほがデレデレしていたくらいには、黒髪の美人メイドだったと思う。

仕方なく事実を伝えたら、彼女はニヤリと笑ってなれなれしく肩を組んできた。

「素直なところがキミのいいところだ。どうだい？　シホみたいなめんどくさい女の子は捨ててワタシをヒロインにしないかい？　この世の快楽を全て味わわせてあげるよ？」

「要らない。あと、しほはめんどくさくないから」

体を押し付けるように絡みついてくるメアリーさんを振りほどいて、少し距離を空ける。

それを見て彼女は楽しそうにしていた。

「一途なのも相変わらずじゃないか。うーん、寝取りたい。そしてワタシをボコボコにしたシホを泣かしてやりたい」

「……久しぶりだけど、元気そうで残念だよ」

本当に、困ってしまうくらいに前と同じ調子なので厄介だった。

できればこのまま再会なんてしたくなかったのに。

「そんな顔をしないでくれよ。やれやれ、悲しいなぁ」

ため息をついたら、メアリーさんはちょっとだけ離れてくれた。

……彼女にしては珍しく聞き分けがいい。どういう心境の変化だ？

「今回は敵キャラじゃないから安心してくれ。キミがイヤがることだってしないさ」

何も聞いてないのに答えをくれる。キミの思考なんて全てお見通しだ——そう言わんばかりの言動を見ていると、メアリーさんの再来を強く実感した。

「色々と気になることはあるんだけど」

「だろうねぇ。まぁ、全部を語ると冗長になるだろうから……これからの物語に差し支え（つか）のない程度の情報をまとめようか」

——物語、か。

メタ的な視点から語られる彼女の言葉は、不思議なことに聞いていると心地良い。

認めたくないけど、俺も似たようなことを考えているので理解しやすいのだ。

「まず大前提として、ワタシはキミの周囲で起きている出来事をおおよそ把握している。手段は、探偵とか監視カメラとかそういう現実的な言葉でも説明できるんだけど、とにかく『チートキャラだから』って言った方が早いかな」

その話は前回にも聞かされている。彼女の情報感度は異常に鋭い。お金の力に物を言わせて色々やっている、ということだけを理解しておけばいいだろう。

「休学していた間も、キミたちのことは見ていたんだよ」

「……そういえばなんで休学してるんだ？」

「野暮用だよ。ちょっと、親孝行をしてただけだ」

「ウソはつかないでくれ」

「にひひっ。ウソみたいな話だよねぇ……このワタシが親孝行なんて、笑わせるよ。まぁ、アメリカに帰国しないといけない用事があったことは事実。強制送還みたいになっていたのは、恐らく敗北した敵キャラだからだろうね」

「……たしかに、出番の終わった敵キャラは登場が減るけど」

「もしかしたら、当初の予定ではワタシもそのままフェードアウトするはずだったんじゃないかな？　でも、ほら……ワタシってキャラクターとしてすごく便利だろう？　いるだけで物語を都合よく動かせるから、再登場できたんだと思うよ」

言われてみると、たしかに彼女の登場によって物語は一気に動いた。

「『有銘』としてチリのメイドカフェで働きだしたのは、コウタロウとシホがアキハバラへデートを計画していると分かった後のことだよ。チリとシホが出会う『偶然』を作る必要があったんだ」

もし、叔母さんとしほが出会わなかったら。

恐らく、俺はまだ縁談の話を隠していただろう。

「『幸太郎は許嫁がいるのに別の女と仲良くしてんのか？』……チリの性格上、コウタロウとシホが仲良くしていたらきっとこう思うはずだと分かっていた。だからわざわざコウタロウとシホにチラシを渡しに行った――と、いうことだね」

そして、説明は終わったと言わんばかりにメアリーさんが口を閉ざす。

しかし、俺が一番聞きたいのは、もっと別の意図である。

そもそもどうして……なぜ、彼女はそんなことをしたんだ？

「キミが『モブキャラ』の殻を破れるのかが知りたいんだよ」

……またしても、口に出す前にメアリーさんは答える。

あえて一拍置いて、間を空けたのは……俺の思考を待つ時間を与えたからなのか。

全てがメアリーさんの掌の上で転がされている。この感覚はあまり好きではなかった。

「コウタロウはワタシを本当に楽しませてくれる。キミを見ていたら、リョウマと同じくらいドキドキする……最初はどこにでもいるようなただのモブだったくせに、今は『主人公』になりかけている」

一方、メアリーさんの方は俺に対してかなり好意的だ。

それがすごくやりにくかった。

「見せてくれよ、モブが主人公に成り上がる物語を……ワタシを、楽しませてくれ」

熱っぽく、彼女は語る。息を荒くして、頬を紅潮させて、隣に座る俺のふとももに手を置いて……囁くように、こう言った。

「ざまぁみろ――とまでは言えないだろうけれど、ね？　キミの母親が痛い目を見る展開にはできそうな物語じゃないか。ワタシも協力するよ。いや、させてくれ……この物語を、ワタシにも楽しませてくれないかな？」

……正直に言うと、イヤだった。

メアリーさんが関わると制御できなくなりそうで怖い。

しかしながら、頑なに拒絶できるほど余裕があるわけでもなく。

「現状、手詰まりだろう？　キミ一人の力ではまだ何もできない。恐らく、この件を独力で片付けるにはあと数カ月は必要だろうね……その間、シホはずっと落ち込んだままだと思うけど、それでいいのかい？」

そこが一番の問題なのだ。今のところ、俺には良い案が浮かんでいない。

「縁談を壊すことだけならコウタロウにだってできるだろうね。しかし……全てを解決したくないかい？　ワタシの力を使えば、シホを元気にすることはもちろん、卑屈なユヅキを幸せにすることだってできるよ？」

まるで悪魔の契約だ。

彼女と契約すれば、理想通りに全てがうまくいく可能性は高くなる。でも、裏切られるリスクも大きい……俺に、この気まぐれなチートキャラの手綱を締められるだろうか。

…………いや、落ち着け。

逃げることは、もうやめたんだろ？

全てを幸せにできる可能性があるのなら——自分を信じて、掴み取る。

そうしたいと、中山幸太郎は思っている。だったら、言い訳して失敗する可能性を探すよりも、何も考えずに感情に従ってそうするべきなんだ。

「——協力、してほしい」

一言、メアリーさんにそう伝える。

すると、彼女は……純粋に嬉しそうな顔で笑って、俺の手を握った。

「にひひっ。やっぱりキミは覚醒しているようだね……ワタシの手を取ってくれてありがとう。大丈夫、後悔はさせない」

手を取るというか、メアリーさんが強引に握手してきただけである。

しかし……悔しいけど、この手はとても頼りがいがあった。

「よくある展開ではあるよね。前に敵だった強キャラが味方になるなんて、テンプレだけど熱い展開じゃないか。昨日の敵は今日の友――って、ね？」

うん、その通りだよ。

メアリーさんの協力があれば、どんな物語にだって風穴が開けられるような気がする。

敵だったら厄介でも、味方なら心強い。

……さぁ、もう悩むのは終わりだ。

この『親が勝手に決めた縁談』というテンプレラブコメを、壊す時がきた。

俺にならきっと、それができるはずだ。

もう、何もできない『モブキャラ』を演じることはやめたのだから――。

第五話　ヒロインを変えるのはいつだって『主人公』だろう？

——幸太郎がメアリーと出会った時間と同時刻。

「けほっ。けほっ」

霜月家の一室に、乾いたせきが鳴り響く。

「うぅ〜。ママ、何度？　わたし、お熱あるの？」

部屋の主は、霜月しほである。彼女はせきをした本人でもあった。

「三十七度五分……学校はお休みね」

つい先ほど測った体温計を見て、霜月さつきは肩をすくめる。

辛そうな娘を安心させるように微笑んで、その頭をそっと撫でた。

「しぃちゃんが風邪をひくなんて珍しいことがあるのね。おバカちゃんは風邪をひかないって、昔の人が言ってたのに」

「おバカじゃないもんっ」

そう……しほは昨夜から体調を崩していた。

幸太郎とのデートをしている最中は元気だった。しかし、千里の車で帰宅している途中から体がだるくなり、夜には気分が悪くなって寝こんだ。

一応、市販の風邪薬を飲んだら状態も良くなって、眠ることはできたのだが……朝起きたら発熱していたのである。

「うにゃぁ……頭がぼーっとする。風邪なんてやだぁ」

「幸太郎とのデートにはしゃいで夜更かしするからよ」

「だ、だって、楽しみすぎて眠れなかったから……」

「でも、ここのところずっと眠ってなかったじゃない。まるで遠足前の子供ね」

しほはここ数日、ずっと気分が浮ついていて、眠ってもすぐに目が覚めてしまう状態が続いていた。体調を崩したのは、連日の睡眠不足の影響も大きいだろう。

それから……もちろん、あの件も無関係ではない。

(幸太郎くんの縁談……本当に大丈夫かしら)

彼女の頭にはずっと不安が渦巻いている。

大好きな彼が他の女の子をお嫁さんにするかもしれない——そう考えただけで、彼女は息が苦しくなるくらいに悲しくなってしまう。

その後に『クリスマスに告白する』とも言ってくれたが……どうしても不安が拭えなく

てモヤモヤとしていた。

寝不足と、精神的なショックと、それからデートの疲労も重なったのだろう。

それが『体調不良』という症状として現れたのだ。

「そういえば、昨日から元気がないけど……幸太郎と喧嘩でもしたの？」

さすがは母親である。しほは縁談のことを何も言ってないが、さつきは何かが起きていることを娘の表情を見て察知したらしい。

「か、風邪だから、元気がないだけだもん」

幸太郎が別の人と結婚するかもしれない。

そんな言葉を口に出せるほど、しほは強い人間じゃない。

だから、この件を一刻も早く忘れるためにも隠そうとする。

そんなしほに、さつきは呆れたように息をついた。

「顔を見てれば分かるのよ。しぃちゃんが、寂しそうだなぁ——って」

発熱のせいで微かに汗ばみ、髪の毛がおでこに張り付いている。さつきはその部分をちょこんとつまんで、汗を拭うように手のひらでそっと撫でた。

その優しさに、しほはちょっとだけ泣きそうになってしまう。

体調が弱っていることもあり、母親の温かさが心に染みたのだ。

（やっぱりママの前でウソはつけないわ）

そう感じたしほは……しかし『縁談のこと』を言葉にすると、それが現実になりそうで怖かった。

だから彼女は、あえてこんなことを聞いたのである。

「もし……ママがパパと結婚できなかったら、どうしてたの？」

たとえば、違う未来があるとするならば。

しほが幸太郎と結婚できない可能性を、彼女は考えてしまっている。

「大好きな人と結婚できなくなったら、ママはどうなってたの？」

考えたくもない、怖い未来だった。

幸太郎がいない人生なんて、しほにはもう考えられない。

だから、母親ならどうするかを知りたかった。

「ダーリンと結婚できなかったら？　うーん、そうね……私はどうなってたのかしら」

少しシリアスなしほと違って、さつきはいつも通りのほほんとしたままだ。

穏やかに微笑んだまま。

木漏れ日のような温もりを維持したまま、彼女はしほの悩みに返答する。

「……たぶん、どうにかしてダーリンを見つけて、結婚してるでしょうね」

その答えは——反則だった。

「そ、それはずるいと思うの。わたしが聞きたいのはそういうことじゃなくてっ」

「怒られても困るわよ。私がダーリンと出会わない未来なんてあるわけがないのよ？　地球の反対側だろうと、地の果てだろうと、絶対に見つけ出すわ」

「じゃ、じゃあ……結婚できないって言われたら？　ママがパパと出会う前に、パパが結婚する人を見つけていたら、どうしてたの？」

「そんな可能性なんてないに決まってるじゃない。だって、私が誰よりも早くダーリンを見つけ出して、誰よりも早く愛されて、ちゃんと結婚するもの。そしてしぃちゃんを産んで、今みたいに幸せな人生を送るに決まってるわ」

出会わなかったとしても、見つけ出して出会う。

結婚できなかったなら——なんて未来はそもそも考えていない。

（すごい……ママって、やっぱりすごいっ）

芯がブレない。

さつきは、自分の愛と……それから、夫の愛も疑っていないのだ。

「しぃちゃんが何を悩んでいるのかは知らないけれど……もし、幸太郎のことで色々あるのなら、彼を信じてあげなさい？」

もちろん、しほは幸太郎を信頼している。

そのつもりだったが……さつきと比べると、彼女の『愛』はまだまだ足りないようだ。

「あの子ならきっと大丈夫よ」

「……なんでママがそんなこと言えるの？　いつも人見知りして、車から出ないくせに。お話をしたこともないでしょっ？」

「ひ、人見知りなんかしてないわよ……まぁ、お話はしたことないけれどね？　でも、彼がいい子だってことはちゃんと分かってる」

その根拠は――娘想いのさつきらしい、シンプルなものだった。


「だって、しぃちゃんが好きになれた人だから」


小さい頃から人見知りで、友人を作ることができなかった。

他人がいると急におとなしくなって、時には泣き出すほどに臆病だった。

家族の前では明るくても、外に出ると無口になって……ずっと辛そうだった。

母親として、助けてあげたかった――さつきはそう思っている。

でも、何もできないまま、時間だけが流れて……そんな時にしほが幸太郎と出会った。

娘の未来が心配だった。

でも、幸太郎のことを楽しそうに話すしほを見て、安心した。

しほに運命の人が現れたんだ——そう知った時、夫の前で思わず泣いたほどである。

もちろん、これはしほには内緒の話だが。

自分にはできなかったことを幸太郎はやってくれた。

しほがようやく好きになれた男の子に、さつきは全幅の信頼を置いている。

放課後や休日に彼の家に入り浸ることも、二人きりで出かけることも、全部安心して送り出しているのは、幸太郎が相手だからだ。

「あの子ならきっと、しぃちゃんを幸せにしてくれるわ」

「で、でも……わたしのこと、嫌いになったりしたら——」

「そんなこと有り得ないわ。だってあなたは、私とダーリンの娘だもの」

自分のことも、夫のことも、信頼しているさつきは……娘の魅力にだって自信を持っている。だから、何があっても大丈夫だと思っていたのだ。

「とにかく、ママを信じなさい？　しぃちゃんは大丈夫よ」

「……うん、分かった」

言い聞かせるように言葉を発したら、しほは素直に頷(うなず)いてくれた。

さつきの言葉で安心したようである……それからゆっくりと目を閉じた。

「なんだか、眠くなってきちゃった」

「ええ、ちゃんと休んで……午後にも体調が良くならなかったら病院に行きましょうか」

「……びょーいんきらいっ」

「ワガママ言ったらダメよ？　夜はしぃちゃんが好きなオムライスにしてあげるから」

「オムライス？　なら、うん。がんばる……」

少し会話をしていたら、しほはいつの間にか眠っていた。

「おやすみなさい。しぃちゃん」

そんな娘をもう一度撫でて……さつきは彼女の部屋から出ていくのだった――。

◆

そういえば、しほの病欠は初めてである。

見た目は病弱そうというか、希薄な印象のある女の子だけど……意外と元気で丈夫なので、だからこそ体調不良という連絡を聞いて心配だった。

用事が終わったらお見舞いに行こう……そう決めて、今は彼女に意識を集中させた。

「ふむ、このタイミングでメインヒロインが病欠とはね」

現在、放課後になって俺は再びメアリーさんのリムジンに連れ込まれていた。

朝はあまり時間がなかったのでちゃんとした話し合いはしていないのである。

彼女はまだ休学扱いされているようで登校していない。その代わりに今日も叔母さんのお店でバイトしてたらしく、服装はメイド服だった。

「これはつまり、シホのことは気にせずユヅキに集中しろ——とラブコメの神様が言っているのかもしれないね」

……まぁ理由はどうでもいい。しほは心配だけど、まずは俺にやれることをやろう。

その意志を感じ取ったのか、メアリーさんは早速本題へと入ってくれた。

「さて、コウタロウは現状をどう『見て』いるのかな？　キミが勘づいていることや、感じていることを教えてほしい。それがイベントを起こすトリガーになるかもしれないし、物語をぶち壊す材料になるかもしれないからね」

今、俺に見えている物語と、メアリーさんの見えている物語に、どの程度の違いがあるのか。まずはそこのすり合わせから入りたいのだろう。

「母から言いつけられた『結月(ゆづき)との縁談』は、断るのが難しい状況になってると思う。まず、俺が母に抗(あらが)えなかった。それから結月は諦めていて、親の言いなりになろうとしている。だから、手詰まりだな――っていう認識かな」

「ふむ……そうか。一応、状況的に強引な解決策でも突破できそうではあるね。たとえば、コウタロウが母親に反抗して家出すれば、それだけで全部解決する」

「うん。北条家に『絶対にイヤだ』って言うことでも、縁談そのものはなかったことにできると思う」

「しかし、それだと『ハッピーエンド』には程遠いよね。その手段で救われるのはキミだけだ。ユヅキも、リョウマも、それからキミの過去も解決していない」

……悔しいけど、やっぱりメアリーさんとの会話はやりやすい。

思考が似ているから、会話のイメージも共有が簡単で、テンポも良かった。

「この縁談において、大きな問題点は二つある。一つは、ユヅキの意思が弱いこと。そしてもう一つは、コウタロウと母親の間に確執があること。この二点を解決することができないと、完璧なハッピーエンドとは言えない」

うん、その通りだ。理想を言うのなら、結月の恋も、母との関係も、解決したい。

だけど、欲は言わない。

「優先するべきは、結月でいいと思う。最悪、俺は母さんと仲が悪いままでいいよ……結月の件が解決するだけでも、十分にハッピーエンドだから」

母に関しては、どうしようもないと言わざるを得ない。

だって、縁談を断ることでしか結月は救えない。そうなると母が怒ると思うので、俺との関係を修復するのは無理なのだ。

「奇跡みたいな偶然でも起きない限り、母さんとの関係はどうにもならないと思う」

「ふーむ。なるほどなるほど……だいたい分かったよ」

一通り話を聞いて、メアリーさんは興味深そうに何度も頷く。

あごに手を当てて、それから思案するように口を閉ざした。

「………」

珍しくメアリーさんは何も言わなくなる。

その間に……ふと思い出したことがあったので、それも一応言っておくことにした。

「そういえば、結月のご両親はこの縁談に乗り気だったよ」

「ん？　それは本当かい？　ユヅキの家庭環境の資料は持っているけれど……キミの母親と違って普通の人間だよ？　ちゃんと娘のことを思っている人間が、この時代にそぐわない強引な縁談なんて結ぶはずがないと思うけれどね？」

「なんとなく、この縁談は結月にとってポジティブなものだと認識しているような雰囲気があった。あくまで俺の感覚でしかないけど」

「いや、キミの感覚であれば信用があるよ。感受性は鋭くないけど、共感性を大切にするコウタロウだからこそ、他者の気持ちに対する想像力には信頼がある」

そう言って、メアリーさんはニヤリと笑った。

「この縁談を受けざるを得ないような事情が北条家側にあるのかと思って、情報を探っていたのだけれど……道理で何も見つからないはずだ。なるほどね、縁談に対して前向きだったというわけだ」

不敵な笑みは敵として見ると不気味だったけれど、味方として見ると心強い。

「つまり、ユヅキは両親と意思疎通がうまくいっていない――その可能性があるね。ユヅキが本心でこの縁談をイヤがっていると、両親は気付いていない……そういうことなら、ちゃんと両親にユヅキの想いを知ってもらえばいいんじゃないかな？」

「でも、肝心の本人が諦めてるんだよ。縁談をイヤだって彼女は言わない……俺が何を言っても、聞く耳すら持ってくれなかった」

加えて、昨夜の出来事をメアリーさんに伝えた。

部屋を訪ねても入れてもらえず……更に、もっと前にバスで話し合ってうまくいかなかったことも教えた。

そうすると、メアリーさんは愉快そうに俺を嘲笑した。

「にひひっ。コウタロウ、キミはちょっと勘違いしているようだね？　いや、かわいいとは思うけれどね……でも、ちょっと思い上がりすぎだよ」

「……どういう意味だ？」

「サブヒロインが好きなのは主人公なんだよ？　コウタロウは覚醒しているけれど、まだ主人公にはなれていない。このラブコメにおいては、未だに『モブキャラ』なんだ」

「それは分かる、けど」

「じゃあどうして、コウタロウの言葉が届くと思っているんだい？」

メアリーさんにそう言われて、ハッとした。

確かにその通りだと思ったのである。

「『親が勝手に決めた縁談』というのはラブコメによくあるテンプレイベントだよね。お約束的な展開としては『主人公が縁談をぶち壊す』ことで全部解決する……でも、残念ながらキミにはそれができないよ」

なぜなら俺は……結月のラブコメにおいて、主人公ではないから。

「ヒロインを変えられるのは主人公だけ。つまり、ユヅキを変えられるのは『リョウマ』だけなんだよ。コウタロウの言葉なんて届くわけがない」

この縁談において俺の立ち位置は、勝手に決められた縁談の相手……つまり敵に近いポジションなのだ。それなのに、結月を説得するなんて、無理な話だったのである。

だから、この縁談を壊すにはあいつの登場が不可欠なのだ。

「と、いうことでやることは分かったね……ワタシに振られてふてくされているリョウマを復活させてあげてくれ」

ここでついに……竜崎（りゅうざき）の登場になるのか。

メアリーさんの言う通り、竜崎の言葉であれば結月にも届くだろう。

しかしながら、ここでさらに問題が出てくるわけで。

「俺が竜崎を復活させることなんてできるわけがない」

なぜなら竜崎は俺を嫌っている。

「……そうか。コウタロウは物語が『見える』けど展開が『読める』わけじゃないのか」

そんな俺を見て、メアリーさんは呆れたように苦笑していた。

「少し、想像力……いや、創造力が足りないね。考えてごらん？　キミの言葉はユヅキにもリョウマにも届かない。だから迂回（うかい）するんだよ。キミがやるべきことは、リョウマを変えられる存在を動かすこと」

「竜崎を変えられる存在？　それって……」

「いるだろう？　キミの言葉が届く相手でもあり、かつリョウマのことを本気で思っている哀れな存在が……ハーレム主人公のハーレム要員は、一人じゃないんだから」

そこまで言われて、ようやく彼女の言わんとしていることを理解できた。

俺と縁があり、竜崎にとっても特別な人間が、結月を除いて存在する。

「もしかして……キラリ？」

その名を口にすると、メアリーさんは大きく頷いた。

「ちょうどいい機会じゃないか。キミには借りがあるようだし……返してもらうといいよ。彼女はビンタした負い目も感じているようだから、救ってあげたらどうだい？」

……やっぱりこの人はすごい。いや、すごいというより、怖い。

迷って、足踏みしていて、停滞していた状況が……メアリーさんの『読解』によって、一気に動き出そうとしていた――。

◆

と、いうわけでキラリに縁談の話をしようと思っている。

しかし、メアリーさんと話し合った結果、その話をするのは『金曜日』ということになった。

なぜかというと、その翌日に北条家と中山家の顔合わせが行われるからだ。

『直前に知らせた方が、危機感を煽られて主人公の行動が大胆になるだろう?』

そう言われたのでまだ動き出すことはできない。

キラリのことも気になる……でも、他にも心配していることがあった。

それは、しほの体調である。

今週の頭から病欠している彼女は、それからもずっと休んでいる。

月曜日、メアリーさんと話し合った後にお見舞いに行こうとしたが、結局できなかった。

梓のスマホに連絡があったようで、しほは病院に行っていたのである。

もちろん、その翌日にお見舞いに行こうとしたけれど……またまた梓に連絡があって、なんとしほはインフルエンザにかかっていたらしい。

お見舞いにも来ないでほしいと言われてしまった。そのせいで今週は彼女と一度も話していない。

しほと友達になって以降、こんなに会えないのは初めてで寂しかった。

しかも俺はスマホを持っていないので連絡をとることもできない。

しほに用事がある時は、スマホを持っている梓に連絡をお願いしている。

だから今回も、梓を介してしほの様子を教えてもらっていた。

「梓、しほはどんな感じだ？」

「……まだ熱があるって。あと、おにーちゃんに会えなくて寂しいらしいよ」

「そうなのか……俺も寂しいって伝えてくれ」

「……寂しがっているおにーちゃんが見たいって。写真も撮れ？　はいはい……撮ればいいんでしょっ」

「梓……俺もしほの写真見たいから送ってもらえるか？」

「……髪の毛がボサボサだからダメって」

「そ、そうか。そうだよな、女の子だし……あ、そういえば飲み物はスポーツ飲料水がいいらしいから、そう言ってくれ」

「…………あー、もうっ」

こんなやり取りが数日続いているからだろうか。

「――うにゃー！　めんどくさい!!　ほんっとうに、めんどくさすぎる!!」

木曜日の夜。梓がとうとう爆発した。

「そんなに心配ならおにーちゃんが直接やり取りすればいいじゃん！　まったく……心配なのは分かるよ？　でもね、梓を伝言板にしないでっ!!」

そう言って、梓は俺にスマホを押し付けてくる。

「じゃあ、お風呂入ってくるから！」

「え？　梓……ちょっ」

呼びかけても彼女は俺を無視してお風呂場へと向かって行く。

その足取りは荒々しい……ちょっと梓に負担をかけすぎてしまっただろうか。

(俺、使い方がよく分からないんだけど……！)

さて、困った。どうやったらしほにメッセージが送れるんだろう？

首を傾げながらスマホを眺めていると、いきなり『ピコン♪』と音が鳴ってメッセージが画面に浮かんだ。それをタッチするとアプリが起動してくれて、メッセージが読めるようになった。

『幸太郎くんのお風呂上がりも見たいわ。たぶん、その写真があったらわたしの風邪も治る気がするの！』

……しほも、まさか俺が直接見ているとは思っていないのかもしれない。

すごく恥ずかしい内容のメッセージが送られてきた。

『えっと、ごめん。幸太郎ですけど……お風呂上がりは、恥ずかしいかも』

不慣れな操作に苦戦しながらも、どうにか文章を返信する。この一文だけでも結構時間がかかったのに……しほは数秒で返信してきた。

『あずにゃん、幸太郎くんのふりをするのはやめて。どうせめんどくさいから適当に断ろうとしてるんでしょう？　ほら、早くお風呂上がりの彼を見せて』

しほはまったく俺の言葉を信じていない。どう説明したらいいんだろう……と、悩んでいたら、続けざまにメッセージが送られてきた。

『わたしは病人よ？　どうして優しくしてくれないの？　わたしをちゃんと甘やかして。もっとおねーちゃんを大切にして！』

……ああ、しほだなぁ。

文章でも分かる。うまく言葉にはできないけれど、この身内にたいして強気になる感じがしほらしくて、思わず笑ってしまった。

『本当に幸太郎なんだ』

『ウソつき。幸太郎くんなわけないじゃない……もし幸太郎くんだったら、もうちょっと言葉に気をつけているわ。彼にはかわいいって思われたいから』

『しほはいつもかわいいよ』

『……あ、あれ？　ねぇ、あずにゃんよね？　わ、わたしをからかってるだけよね？　な、なんとなく、文章の感じがいつもと違うような……』

『梓じゃないよ。あの子は今、お風呂に入ってるから』

……あれ？

さっきまでは秒で返信があったのに急に途絶えた。

こういう時って俺から話題を投げかけた方がいいのだろうか……と、悩んでいたら、お風呂から梓が上がってきた。

「お、おにーちゃん？　梓のフォルダ見てないよね……絶対に写真のところだけは見ないでね！　べ、べべべ別に何もないよ？　ただ、ちょっと隠し撮りが……」

いつもより早いなぁと思っていたら、スマホを見られていることが心配だったらしい。

もちろん義妹のプライバシーは尊重しているので、そういうことは一切していない。

「大丈夫、見てないよ」

お風呂上がり。薄着で部屋をうろつく梓にスマホを返す。

「それならいいんだけど……霜月さんはなんて言ってるの？」

スマホを受けとった梓は安堵（あんど）したように息をついて、俺としほのやり取りに目を通していた。

「いや、実は急に返信がこなくなったんだよ」

「……梓がおにーちゃんを名乗ってるって疑ってるけど、もしかしたら本当かもしれないと思って、動揺してるのかな？　じゃあ、おにーちゃん……写真撮ろうか」

そう言って梓が俺に近寄ってきた。

これは自撮り、というやつだろうか……なるほど、お風呂を終えたばかりの梓と俺が同時に映っていたら、やり取りしていた相手が俺だという証明になる。

カメラをこちら向きに構える梓の隣に俺も近寄って、一応ピースしておいた。

——カシャッ。

シャッター音が鳴って撮影は完了。梓は写真をすかさずしほに送ったようで……その数秒後には、返信を知らせる音が鳴った。

「しほはなんて言ってる?」

「……恥ずかしすぎて熱が上がったから、寝るって」

「マジか」

どうしてそうなる……まぁ、しほらしいけど。

これでもう連絡は終わりかな?　短かったけど楽しかった。

なんだか久しぶりにしほと会話できた気がしたなぁ。

「霜月さん、早く元気になるといいね」

「そうだな……本当に、そう思う」

「霜月さんが元気にならないと、おにーちゃんも元気にならないだろうし」

そう言って梓は仕方ないと言いたげにため息をついた。

俺の様子もいつも通りではないようだ。それも無理はない……自分が元気になるためにも、まずはやれることからやっていこうかな。

しほには体調を回復することに専念してもらって。

俺は、明日……キラリに協力をお願いする。

そうすることで、またいつもの日常を取り戻せるはずだから——。

◆

そして、金曜日が訪れる。

「あの、キラリ？」

昼休みのことである。キラリはずっとライトノベルを読んでいて、このまま待っていてもタイミングが訪れないと判断した俺は、強引に話しかけることにした。

「……なに？」

楽しみが邪魔されたからだろう。彼女はすごく不機嫌そうな顔をしていた。

竜崎は……机に突っ伏して寝ている。俺たちの会話も聞こえていないと思う。

でも、うーん。長くなりそうだし、教室内でこの話は難しそうだ。

「ごめん、ついてきて」

「はぁ？　ちょっと……！」

仕方なく教室から出て、人が少ない場所までキラリを誘導。

やってきたのは図書室。話すには不向きな場所だけど、小声なら問題ないはず。他にも生徒が何人かいてオシャベリしていたので、その声に紛れるはずだ。

「いいかげんに説明してよ。アタシだって暇じゃないんだけど？」

「うん、いきなりごめん」

図書室の一角。棚に隠れて死角になる位置にきて、ようやくキラリと向き合う。

彼女は俺に胡乱な視線を向けていた。

「何が目的なわけ？」

「いや……えっと、うーん。言葉が選べないから、驚かないで聞いてほしいんだけど」

「なにそれ。意味わかんない」

態度はささくれだらけである。俺に対して威嚇するようにキラリは圧を放っている。まぁ、色々あったのでそうなるのも無理はない。

あまり長く話をするのも彼女に申し訳ないので、手短に用件を伝えた。

「このままだと結月と結婚しそうだから、助けてほしいんだ」

「――――は？」

ただ、説明が少々乱暴だったのだろう。

キラリがポカンと口を開けていた。驚きのあまり、最近またかけるようになった眼鏡の位置がズレて落ちそうである。

「ちょっ！　待って……まずはアタシに理解させて。どういうこと？」

「親同士で縁談を勝手に決められたんだ。明日の土曜日には食事会があって、本格的に話が進みそうなんだよ」

「……それでアタシがどうにかできると思ってんの？　関係ないじゃん！」

無茶なことを言っているのは分かっている。

でも、キラリにしかできないことがあるのだ。

「だから……竜崎にこのことをそれとなく伝えてほしいんだ。十五時くらいに北条家と中山家の顔合わせがあるって」

「りゅーくんに……？　それって、意味があるの？」

「あるよ。だって、結月が好きな人だから」

その一言で、キラリはハッとしたように目を大きくした。

ようやく、俺の言いたいことが伝わったみたいである。

「どうしろ、とまでは言わないけれど……結月は竜崎への想いを諦めかけている。『どうせわたくしには無理ですから』って、親の言いなりになろうとしている」

「まぁ……ゆづちゃんらしいけど」

「でも、こんな終わり方を彼女は望んでいないはずなんだよ。あと……竜崎だって、結月のことは大切に思っているはずだろ？　あいつは、無関係じゃないと思うんだ」

ちゃんと知ってほしい。

その上で……竜崎にはがんばってもらわないといけなかった。

「できれば、竜崎には縁談をぶち壊してほしいんだよ。俺が好きなのは結月じゃなくて……しほだから。でも、俺には竜崎を説得できない。あいつに嫌われてるから」

「だからアタシに説得してほしいってこと？」

詳しく説明すると長くなるので、表面上のことしか話せていない。

しかし……キラリはもう冷静になってくれていた。

「りゅーくん、ふてくされてるよ？　たぶん、この縁談のことを伝えただけだと、何もしないと思うけど」

「そこをキラリになんとかしてほしい。お願いできる立場じゃないのは分かってる……でも、キラリしか頼れないんだ」

俺の言葉に耳を傾けてくれる人は限られている。

キラリも俺には良い感情を抱いていないことも理解している。

「ワガママを言ってごめん。でも……結月と竜崎には、まだまだ時間が必要だと思うんだ。こんな恋の終わり方は、酷すぎる」

そう伝えると——キラリは、小さくため息をついた。

「なんか……相変わらず、気持ち悪いくらいに優しいよね」

声が刺々しいのは変わらない。

しかし、少しだけ目つきが優しくなっている気がする。

「結局、自分のためじゃなくて、ゆづちゃんのためなの？」

「いや、もちろん俺もイヤだよ。結月のためだけなんかじゃない……どうかな。協力してくれると、すごく嬉しい」

「——断れるわけないじゃん」

それから、彼女は不服そうに唇を尖らせてそっぽを向いた。

不本意であることを、わざとらしくアピールするように。

「あんたには借りがあるし……ビンタしちゃった罪悪感があるもん」

「うん。それを分かってて、あえてお願いしてる。ずるくてごめん」

「違うよ。謝らないでよ……手を出したのはアタシが悪いもん。むしろ、これで少しでも気持ちが軽くなると思ったら、スッキリする」

そう言いながら、キラリは眼鏡のフレームをくいっと上げた。

中学生の時にもよく見ていた、彼女のクセである……なんだか懐かしかった。

「眼鏡、似合ってる」

無意識に零れた言葉。

それに対して、キラリはいつものように素っ気なかった。

「はぁ？　口説いてんの？　アタシがそんなにかわいいわけ？」

「いや、別に？　しほの方がかわいいけど」

「……にゃはは。言うようになったじゃん？」

キラリが笑う。ずっとツンツンしてたけれど……久しぶりに彼女らしい笑顔を見て、なんだか嬉しくなった。

「今のキラリは、『キラリ』っぽい」

「なにそれ？　アタシはいつも『キラリ』なんだけど？」

そう言って、キラリはすぐに笑顔を消した。

俺と馴れ合うつもりはない、と言うように。

「アタシはもう大丈夫。あんたも……こーくんも、がんばってね」

そして、そんな言葉を残して彼女は図書室から出て行った。

『もう心配しなくていい』

なんとなくそんな意志を感じてやっぱり嬉しくなった。

文化祭の時は色々あったけれど、キラリはもう大丈夫そうだ。

さて……メアリーさんとの話し合い通り、竜崎のことをキラリに託すことができた。

後は彼女を信じて、俺の出番が来る時に備えておこうかな——。

◇

竜崎龍馬はふてくされていた。

(ちっ。つまんねぇな)

ここのところ毎日が楽しくない。文化祭でメアリーに振られて以降、彼は笑うことができなくなっていたのである。

(しほもメアリーも、あんなくだらないやつを好きになるなんて……ありえねぇ)

視界の隅に映る冴えないクラスメイトを、彼は強く睨(にら)みつける。
これといって特徴のないただの高校生。容姿も、能力も、性格も、龍馬は負けていると
は思っていない。
『中山幸太郎』
入学して間もないころは、認識すらしていないモブみたいな存在だった。
しかし今は……龍馬が最も劣等感を覚えている相手となっている。
(クソが……！)
視界に映るだけでイライラする。だから彼は、学校にいる時間をなるべく短くするため
に、今日もさっさと帰ることにした。
「あ、龍馬さ……ん」
帰り支度をしている最中、結月が何か言いかけていたことにも気付いていたが、それを
無視して足早に教室を出ていく。
(落ち込んでいる俺に話しかけんじゃねぇよ)
悲劇の主人公を気取って、彼女の思いを踏みにじる。
自分は辛いんだ。苦しんでいる。だから気を遣え。
そう言わんばかりの傲慢な態度だった。

（寒すぎんだろ……！）

外に出ると刺すような冷気に顔をしかめた。

苦し紛れにポケットに手を突っ込んでも冷えは改善せず、指先はずっと冷たいままである。イライラしていた。寒さのせいだけでは、もちろんない。色々なことが退屈で、彼は日常にうんざりしていたのである。

今の龍馬はとても印象が悪い。

このままであればきっと彼の周囲から人はいなくなるだろう。

でも、こんな状態になっても龍馬を見捨てないでくれる少女がいた。

「待ってよ……ねぇ、ちょっと待ってよ！」

足早に歩く彼を、懸命に追いかけていたのは明るい髪色の少女である。

最近、赤いフレームの眼鏡をかけるようになった彼女の名前は――浅倉（あさくら）キラリだ。

「りゅーくん、歩くの速すぎじゃない？　あと、無視しないで……アタシ、さっきからずっと呼んでたんだけど？」

来て早々に不満を呟く彼女を、竜崎は一瞥（いちべつ）してすぐに目をそらした。

「………………んだよ」

「なに、その態度？　すごく感じ悪いね」

最近、彼女はハッキリと不満を口にするようになった。

少し前までは、結月と同じように肯定ばかりだったのに……急に色々と意見するようになってから、龍馬は彼女を煩わしく感じるようになっている。

「話しかけんな」

「うわっ。そんな言い方なくない？　普通に引く」

「………………」

会話にならなかった。龍馬はあからさまにため息をついてさっさと歩き出す。

そのままキラリを振り切ろうとしたのだが……それを彼女は許してくれなかった。

「ちょっと！　待ってって言ってるでしょ？」

強引に肩を掴(つか)んで制止してくるキラリ。

そこまでされると、さすがの龍馬でも足を止めざるを得なかった。

「ちっ……さっきから何だよ。しつこいんだが？」

「用事があるから話しかけてるに決まってるじゃん！　だから……いいかげんにこっちを見てよっ」

（自己中すぎんだろ……俺の様子を見て、もっと気を遣えないのか？）

自分を棚に上げた思考を抱き、感情のままにキラリを睨みつけた。

「ふぅ……やっと見てくれた」

でも、キラリは笑った。

龍馬の鋭い視線を受けても、彼女は嬉しそうに頬を緩めている。

「最近、全然目を合わせてくれなかったから、なんか寂しかった」

しかも、好意的な言葉を発している。

龍馬は意味が分からなくて混乱していた。

「さ、寂しいってなんでだよっ」

「そのままの意味だけど？　りゅーくんが全然相手してくれないんだから当然じゃん？　もっとオシャベリしたいのに」

「俺の態度……悪いだろ？　こんなやつと話したいのかよ」

「当たり前じゃん。さっきから何言ってんの？　アタシがりゅーくんと話したくないって……そんなこと有り得ないから」

まっすぐな言葉に、龍馬は狼狽（うろた）えた。よろめくように一歩下がろうとしたが……いつの間にか肩を組んできたキラリのせいで、距離を取ることもできなかった。

以前と同じように……いや、以前よりもキラリは距離感が近い。

「ねぇ、なんでふてくされてんの？　アタシのせい？」

「……キラリが悪いわけじゃねぇよ。でも、俺にだって色々あるんだ」

「ふーん？　まぁ、余計な詮索はしないけど……だからって無視しないでくれない？　りゅーくん成分が足りなくてムラムラするから」

「ムラムラ!?　ど、どういう意味だよっ」

「にゃははっ。どういう意味だと思う？」

からかうようにキラリは笑う。

わざとらしく、胸を押し当てるように体を密着させてきて……その温もりに、龍馬の冷え切った体が、熱くなった。

「りゅーくんが何にイラついてるのかは分かんないけどさ。アタシとか、ゆづちゃんとかに八つ当たりしないでよ……仲良しのつもりだったのに、冷たくされると本当に辛いんだよ？　分からないの？」

「っ……！」

八つ当たり。その言葉を耳にして、反射的に否定したくなる。

だが、キラリの熱が龍馬の凍った心を溶かしていたのか……文句を言う気分になれなかった。

「ふてくされて、気を遣えって空気を出して……それでアタシたちがおろおろするのを見ても気分なんて晴れないでしょ？」

その通りだった。むしろ戸惑わせていることに対して、申し訳ない気持ちがなかったわけじゃない。だが、それを素直に認められるほど、彼は成長できていなかった。

「正直ね、今のりゅーくんってすごく感じが悪いし、最低だと思う」

「……じゃ、じゃあ！」

関わるなよ。そう言い切ることを、キラリは許さない。自己防衛のために先手を打って相手を傷つけようとするその弱さを、彼女は認めなかった。

「でも、そんなりゅーくんでもアタシは好きだよ？」

——好き。

その言葉に、龍馬は思わずむせそうになった。

「っ!?　おい……何を、いきなりっ！」

「も、もちろん『友達』としてに決まってるじゃん？　にゃはは、勘違いさせちゃったかな？　りゅーくんってば、かわい～」

思わせぶりなことを言うキラリ。

でも、その顔は真っ赤で……全部が全部、ウソの発言とは思えなかった。

「こほんっ」

恥ずかしさを誤魔化すように咳払い(せきばら)いをするキラリ。

それを見て龍馬は無意識にドキドキしていた。

(あれ？　キラリって、こんなにかわいかったっけ？)

彼女の仕草、言葉、態度が心を温かくしてくれていたのだ。

「えっとね、つまり……アタシはりゅーくんを嫌いにならないってこと！」

なおも彼女は嬉しい言葉をかけてくれる。

「だから、冷たくしないで。何があっても味方でいるよ？　怖い顔もしないで。そんなりゅーくんなんて、イヤだよ」

ここまで言われて、鈍感な龍馬でもようやくキラリの想いを理解できた。

いつまでも想ってくれている彼女に……龍馬は無意識にこう言えた。

「……ごめん」

自分の態度が悪かったことを。

八つ当たりして傷つけたことを。

ふてくされていたことを……全てを、彼は謝罪したのである。

そんな彼に、キラリはニッコリと笑ってくれた。

「いいよ、許してあげる」

たった一言。余計なことは何も言う必要がない……謝ったのなら、それでいい。

そう言わんばかりに、あっさりと龍馬の謝罪を受け入れてくれた。

「はぁ～……良かった。りゅーくん、ちゃんと謝ることができて偉いじゃん？　よしよし、褒めてあげよう」

「や、やめろよ……恥ずかしいだろうが」

頭を撫でてこようとするキラリに、龍馬は思わず頬を緩める。

ついつい笑ってしまった。久しぶりの笑顔だった。

「お！　やっといつものりゅーくんになったね？　笑った顔がやっぱりかっこいいんだよなぁ……にゃははっ」

キラリが嬉しそうに声を弾ませた。それを見て、龍馬はふと彼を思い出す。

「……そうだよな。笑ってくれる人の方が、いいに決まってるよな」

こんな時なのに、龍馬の脳裏には中山幸太郎の顔が浮かんでいた。

普段、彼はまったく笑わない。いつも無表情で、何を考えているのかよく分からない少年なのだが……とある少女の前でだけはよく笑う。

その相手は、龍馬の幼馴染でもある『霜月しほ』だ。

一方、彼女も笑わない女の子だったが、幸太郎の前だとよく笑うようになった。

二人を見ると未だに心が痛い。

しかし、ああいう関係性を、羨ましく思わないと言えばウソになる。

(このままだと俺はダメだ……)

ようやく自分の悪い部分に気付くことができた。

笑うこともできないでいると、いずれキラリのような優しい女の子ですらいなくなってしまう……そのことを理解して、彼は危機感を覚えた。

(もし、キラリと結月まで俺に愛想をつかしたら……っ)

いよいよ本当に孤独になる。

そうなる前に自分の愚かさを自覚できて良かったと、龍馬は思った。

「……結月にも、後で謝らないと」

キラリと同様に、彼女も無視してしまっていたことを反省する。

明日にでも謝ろう……そう決意したのだが。

「うーん、ゆづちゃんはもしかしたら手遅れかもしれないなぁ」

龍馬の独り言を聞いたキラリが難しそうな表情を浮かべていた。

「それは、どうしてだ？」

「ゆづちゃんって、ほら……諦めるのが早いでしょ？　だから、りゅーくんに嫌われてると思って、すごく落ち込んじゃってる」

「……そうなのか」

たしかに結月はキラリよりも打たれ弱い。そのことは龍馬も知っている。だから、罪悪感を覚えて彼は息を詰まらせていた。

「余計に謝りたいんだが……手遅れって、許してくれないってことか？」

「そのことなんだけどね？　ゆづちゃん、ちょっと自暴自棄になっちゃってるみたいなの。りゅーくんに嫌われてることが相当ショックらしくて……だから、親が勝手に決めた『縁談』を受け入れたんだって」

「――はぁ!?」

急展開である。あまりにいきなりの話に、龍馬は大声を上げてしまった。

「ど、どどういうことだよ！　縁談って……まだ俺たち高校生だろ!?　早すぎるし、そんな古臭いことを未だにやってんのか!?」

結月が好き、かどうかはちょっとまだ分からない。

仲の良い女友達とは思っていたのだが……それだけにしては想像以上に自分が動揺して

いるので、龍馬はそのことにも戸惑っていた。

「相手は誰なんだ?」

「んー……さぁ、どうだろう?　アタシも詳しくは知らない。でもね、明日の十五時くらいだったかな?　縁談相手と顔合わせがあるんだって。ゆづちゃん、すごく可哀想だなぁ。りゅーくんに嫌われて、親に結婚を強制されて……こんなの、酷いと思う」

「……止めてくれなかったのか?」

「その役目はアタシじゃないよね?」

「っ……!」

鋭い言葉に、龍馬は息を詰まらせた。

彼だって分かっている。この縁談を止めるべきなのは、自分であることを。

「どうするかはりゅーくんに任せるよ」

「キラリは……いいのか?　友達じゃないのか?」

「友達だよ。それから、ゆづちゃんとはライバルでもある」

何のライバルなのかは、あえて言わない。

いや、言わなくても分かってるでしょ?

キラリはそう目で訴えている。

「何も言わなければライバルが減る。それが分からないほどアタシはバカじゃない……でも、ちゃんと伝えた。正々堂々、ゆづちゃんとは勝負したいから」

「キラリ……」

勝負とは、もちろん『恋』の勝負である。

「アタシにこれ以上求めないで。あとはちゃんとりゅーくんが決めて……もし、アタシでいいのなら、縁談の話も止めに行かなくていいからね？　アタシはそれでもいいから」

優しい、だけじゃない。その裏には、確固たるキラリの想いが宿っている。

それを感じて、龍馬は何も言えなかった。

（俺は……俺はっ）

改めて、自分の感情と向き合う必要性を感じていた。

このまま結月の縁談を見逃して、キラリと付き合う。

それもまた、一つの道ではある。

（むしろ言い訳にもなる。結月は仕方ない――って、思えるのか）

最近、態度が悪くて結月を傷つけた罪悪感はある。

でも……それさえ無視してしまえば、別に首を突っ込む必要などない。

だってこの縁談は、結月の問題だから。

心の奥底で、そう囁く悪い自分がいた。

その声を聞き入れてしまった方が楽だとは分かっている。

だけど——彼は、そんな甘ったれた自分を心の中で殴り飛ばした。

「——ごめん。俺、この縁談を止める」

どうしても心がざわついていた。

この感情を無視することは、できなかった。

「キラリには、本当に悪いと思ってる……でも、やっぱりモヤモヤするんだ。ここで見ないふりをすることは、俺にはできない」

彼女の想いは伝わっている。そのまま彼女の優しさに甘えてしまってもいいかもしれない——そう迷ったほどに、キラリには心を揺さぶられた。

だが、ここでキラリを選ぶのは逆に彼女にも失礼な気がしてならなかった。

「優柔不断でごめん」

本心から、申し訳なくて頭を下げる。

そんな彼に……キラリは仕方ないと言わんばかりに苦笑して、肩を小突いてきた。

「うん、本当に優柔不断だよね……でも、いいよ、そういうところも、好きだから」

こんな龍馬でも受け入れてくれたのである。

それがやっぱり、龍馬は嬉しかった。

「ありがとう。キラリのおかげで、なんか色々と吹っ切れた」

「にゃははっ。良かった……今のりゅーくんは、アタシの好きな『りゅーくん』だ」

好き。その言葉に、龍馬はドキッとする。

(くそっ。やっぱり、かわいいな……！)

以前とは大して変わっていないはずなのに。

眼鏡をかけただけで、こんなに印象が変わるとは思っていなかった。

(いつか、俺もちゃんとしないと)

キラリの好意に応えるためにも、まずは結月に対するモヤモヤをちゃんと消す。

そして彼は、縁談を壊すことを決意するのだった――。

第六話
優しさは、弱さじゃなくて

ふてくされていた主人公が、サブヒロインのおかげで元気を取り戻す——か。

テンプレハーレムラブコメらしいお約束的な展開でつまらないなぁ。

こんな茶番に付き合わされる読者(ワタシ)の身にもなってほしいものだよ。

(やれやれ。やっぱり、リョウマの物語は見るまでもなかったかな)

キラリとリョウマの盗撮映像を見て、ワタシは思わずため息をつく。

これだから優柔不断なヘタレ主人公は嫌いなんだよね。

ここでユヅキを切り捨てる非情さがあれば、ワタシの好みになるんだけど……リョウマにちょっとでも期待したのが悪かったかな。

と、いうことで……やぁ、久しぶりだね。

ワタシの読者がいるか分からないけれど、一応挨拶しておこうかな。

どうも、負けキャラのメアリーさんだ。

今回は敵じゃないから安心してほしい。だからあんまり嫌いって言わないでくれよ……

悲しいなぁ。

分かりやすく説明すると、ドラゴンのボールが出てくる有名なバトル漫画で言うところの、サイヤな人種の王子様にあたる立ち位置だよ。

いいポジションだろう？　昨日の敵は今日の友ってやつさ。

そうは言っても特にやることはないんだけどね。コウタロウに知恵を貸してあげた時点でワタシの役割は終わりだよ。

まぁ、今は何もやらないけど、後になったら分からないけどね？

……と、軽く今後の展開を匂わせたところで、そろそろ本題に入ろう。

（さて、ここからが見ものかな）

手元のパソコンを操作して映像を切り替える。

次に映ったのは、とある和風な建築物。

ユヅキの住むホウジョウ邸。明日にはここでナカヤマ家と顔合わせが行われる。

その最中、きっとリョウマが登場するだろう。

でも……それだけでは縁談は壊れないとワタシは思っている。

まだリョウマの主人公としての覚醒が甘い。キラリに『縁談を止めてくれないのか？』と聞いているシーンを見てそう確信した。

あまりにもへたれすぎる。この状態のリョウマに過剰な期待できない。

故に、このイベントの動向がどうなるのか、そのカギを握るのはコウタロウだ。

彼の言動によってリョウマの状態も変わってくるだろう。それに応じてユヅキの動きにも変化があるはずだ。

（物語を動かすなんて、普通のモブキャラには無理だと思うけど……キミははたしてどうなんだろうね？）

物語が『見える』という異端のモブ。

メインヒロインのシホに選ばれたことで、与えられた役割（キャラクター）の殻を破り始めている。

まるで、将棋の『歩』のように。

歩兵は果たして、成ることができるのか。

それが楽しみだった。

モブが主人公に成り上がる物語……か。

こういう物語は嫌いじゃない。爽快感があってスッキリするからね。

さて、彼がうまく覚醒してくれることを願って……ワタシも下準備をしておこうかな。

「あ、もしもし？　久しぶりだね……そう怒鳴らないでくれよ。そもそもはキミがワタシたちの足をすくったんだろう？　その腹いせにちょっと小突いただけじゃないか……落ち着いてくれよ、ナカヤマ？」

とある人物に電話をかける。

ナカヤマは、誰の名字か言わなくても分かるよね？

……おっと、まだネタバラシは早いかな。

と、いうこと、後の展開も引き続き楽しみにしててくれ。

後悔はさせないから――。

◆

……そして、両家顔合わせの時間となった。

「ちっ。タバコ吸いてぇ……」

現在、北条（ほうじょう）邸の客間らしき場所に俺たちは集められていた。

十人ほど座れるような大きなテーブルがあって、その一角に俺は叔母さんと並んで座っている。

多忙で来られない母と父に代わって、叔母さんはわざわざ仕事を休んで来てくれた。

いつもはメイド服だけど、さすがに今日は正装でまともに見える。

「胸がきちぃ。幸太郎、揉(も)んで楽にしてくれ」

「イヤだよ」

しかし、言動がいつも通りなので、やっぱり叔母さんは『叔母さん』だった。

「そういえば、梓(あずさ)は連れてこなかったのか？」

「……一応伝えたけど『おにーちゃんとお義母(かあ)さんの問題でしょ。なんかめんどくさいし、梓はすごく忙しいの』って言われた」

「梓らしいな……なんであの小娘にだけ姉貴は甘いんだか」

そうなんだよなぁ。母は俺に厳しいくせに、梓に対しては放任主義を貫いている。

……母と梓の関係性はよく分からないけど、とにかく彼女は不参加だ。

「中山(なかやま)家側から二人しかいねぇから、失礼かと思ってたんだが……あっちもそんなに大差ねぇな」

もちろん会話は小声で行われている。

なので、対面側に座っている北条家側には聞こえていないだろう。

「……あちらも忙しいんだろうね」

現在、俺たちの向かい側に座っているのは三人しかいない。

一人は結月(ゆづき)、もう二人は彼女の祖父母だろうか……ご高齢で温厚そうな二人が結月と談笑しながらお茶を飲んでいた。

親同士が勝手に決めた縁談にしては、すごく和やかな空気が漂っている。

先程、結月の母親――北条由利さんも見かけたのであの人も後でここに来るだろう。ただ、結月の父親は見えなかったので、たぶんこの場にも来ないのかもしれない。

「和食はあまり好きじゃねぇんだよなぁ……あぁ、帰って酒飲みてぇ」

結構な時間を待たされているせいか、叔母さんの愚痴が増えてくる。

それに付き合っていると、やっと由利さんが戻ってきてくれた。

「ごめんなさいね。本来であれば、主人も参加する予定だったんだけど……お仕事で来ないそうです」

「謝る必要なんかねぇっすよ。うちの姉と義兄もいないんで。あと、幸太郎の義妹は反抗期みたいで置いてきやした。さーせんっす」

「……え、ええ。そうですか。はい、分かりました」

叔母さんが乱暴な仕草で湯呑のお茶を飲みながら声を発する。

清楚な見た目なのに、ヤンキーっぽい口調が気になるのだろうか。由利さんはすごく困惑している様子だった。

「とりあえず、お食事会を始めましょうか」

……そしてついに、両家の顔合わせが始まった。

（竜崎はいつ来るんだか）

チラリと壁にかかっている時計を確認する。

食事会の開始予定は十五時。少し時間が押していて、今は十五時半になっていた。

そろそろ竜崎が来てもいい時間帯だけど……あいつが姿を現さない。

「このたびは、良い御縁に恵まれました。当家は古くから一条家とも縁がございまして……幸太郎君であれば安心です。これからも、末永く良いお付き合いをさせてください。ほら、結月もご挨拶なさい？」

「……はい、お母様。中山家の皆様、これからもよろしくお願いします」

今までこちらを見向きもしなかった結月が、母親に促されたことで渋々と言わんばかりに頭を下げた。先程、祖父母の二人と会話していた時は和やかだった表情も、今ではすっかり暗い。

「結月もついに結婚とはのう」

「おじいさん、もしかしたら生きているうちにひ孫が見られるかもしれませんね」

「それは良いことじゃな」

「お二人とも、そんな話は当人たちの前でしないでくださいっ」

ただし、北条家側はすっかり祝福ムードである。

結月のことを想っているのだろう。本心から嬉しそうに見えた。

……だからこそ、この縁談には違和感がある。

結月はこんな縁談、望んでいないのに。

明らかに、結月とご家族の意思疎通がうまくいっていない気がする。

彼女が『イヤだ』と言えばそれで済むように思えた。

でも、その一言を口に出すことすら諦めているのでどうしようもないか……そんな結月のためにも、あいつの登場が不可欠なのに。

竜崎はこのまま結月を見過ごすのか――と、少しだけ心配していた。

でもそれは杞憂だったようだ。

「あ、あの！　すみません、少しよろしいでしょうか？」

突然、使用人と思わしき女性が部屋に入ってくる。

慌てた様子で由利さんに走り寄り、耳元で囁いていた。

もしかして……と、期待して顔を上げたその瞬間だった。

「結月ぃいいいい！　俺だぁあああああ!!　おーい!!」

場を乱す大きな声が響き渡った。

周囲への迷惑も考えずに声を張り上げているのは……もちろん、竜崎である。

(さすがの行動力だな)

思わず、苦笑してしまった。もうちょっとスマートに登場できなかったのだろうか。

「な、な、何事ですかっ!?」

突然の事態に由利さんはとても驚いている。

どうしていいか分からないと言わんばかりに、娘を見つめている。

「結月の知り合いなの?」

「…………」

しかし、彼女は何も言わない。いや、何も言えないように見える。

「聞こえてるんだろ!? 竜崎龍馬(りょうま)だよ! 結月、ちょっと話をさせてくれ!!」

「っ…………!」

彼女にとっては予想もしてなかった展開なのだろう。

由利さんと同様に……結月もどうしていいか分からないように見えた。

「結月? 追い返してもいいの?」

何も言わない娘を見て、由利さんはそう言う。

このままだと竜崎が退場しそうだったので……ここは俺の出番だ。

「いえ、追い返さなくても大丈夫ですよ。だってあいつ、結月と仲良しですから」

「……え？　お友達ってこと？」

「はい。結月にとって、仲が良い男友達なんです。だから……まぁ、この縁談に色々と思うところはあるんじゃないですか？」

「で、でも、だからって……」

それでも由利さんは迷っている。

友達というだけで、縁談に乗り込まれても困る……そう言わんばかりの態度だ。

うん、そうなるよな。むしろそう思うのが普通だと思う。だから、もうちょっとうまい言い訳を考えていたけれど……意外なところから後押しが入った。

「面白(おもし)れぇ。つまり『青春』ってことだな！」

今まで静観していた叔母さんが、不意に声を上げた。

「姐(あね)さん、これが若さっすよ。入れてやりましょう。ガキくさくて最高じゃねぇっすか」

「……あ、姐さんではないですっ」

この一言で、由利さんは断りにくくなってしまったらしい。

というか、叔母さんを怖がって強く出られないようだった。

「まぁ、はい。分かりました……そちらが、そう言うのであれば」

良し……いい流れである。

門前払いされる可能性を懸念していたけれど、どうにか回避できた。

一応、これで『縁談の顔合わせに乱入』というイベントが発生したのである。

ここからは何もせずとも竜崎が勝手に縁談を壊してくれるだろう。

つまり、俺の仕事はここで終わりだと思って、安心していた。

「どうぞ、こちらにお入りください」

「失礼します……！」

使用人の案内で部屋に入室してきたのは、やっぱり竜崎だった。

「りょ、龍馬さん？　どうしてっ」

「突然すまん！　キラリから縁談があるって聞いてジッとしてられなかったんだ。スマホにも連絡したのに無視しないでくれ――って、は？」

ここに来た経緯を結月に説明している最中のこと。

視界の端に俺を見つけたようで、竜崎はこちらを振り向いた。

「なんで、中山がいるんだ……？」

「え？　それは、まぁ……縁談の相手だからだよ」

あれ？　キラリは俺のことを説明していないのか？　やけに竜崎が驚いていた。

「い、意味が分かんねぇ……なんで、よりにもよって中山なんだよっ」

それから動揺もしているように見える。

これは、ちょっと良くないな。

（いつもの竜崎らしくない。あの意味不明な自信はどこにいったんだよっ）

以前まで放っていた『主人公』としてのオーラがない。

今の竜崎は少し自信がなさそうで、なんだか心強さがないのだ。

そのせいか……結月も竜崎の登場を喜んでいるようには見えなかった。

「龍馬さん、すみません。これはわたくしたちの問題なので……説明がなかったことは謝ります。でも、今日は龍馬さんには関係ないので、帰ってください」

「か、関係ないって……そんなっ」

結月からの冷たい言葉に狼狽える竜崎。

明らかに状態がおかしかった。

キラリのおかげで前よりはマシになってはいる。ふてくされたままであれば、この場に来ることすらできなかっただろう。

でも、まだまだ完全復活はしていないように見えた。

（何もしなくていいと思っていたけど……このままだと、縁談が壊れない）

――主人公としてのお約束が発動しない。

それならどうする？

俺がやるべきことは何だろう？

（中山幸太郎は、この『親が勝手に決めた縁談』というイベントにおいて、敵キャラに近い立ち位置にいる）

竜崎から見ると、結月を奪おうとしている男なのだ。

その立場からでもやれることは、ある。

（――結局、こうするしかないんだなぁ）

ため息をつきながらも久しぶりに頭の中にスイッチをイメージした。

もう、切り替えることはないと思っていた。

だけど……今の俺なら大丈夫。

中山幸太郎は、ちゃんと『中山幸太郎』として存在している。

だから、もう何かを演じている自分に呑まれないはずだ。

そう信じて――敵キャラのスイッチを入れた。

『カチッ』

頭の中で音が鳴る。

でも、意識は切り替わらない。頭の中に悪役の俺がいなくなっていた。

いや……一応存在はしているのか？

たぶん、悪役の俺は中山幸太郎の一部になっている。だから意識するだけで自由にその『キャラクター』を引き出すことはできると思う。

それならそれでいいか。むしろ、俺が乗っ取られることを心配しなくていいのだから、安心して俺は竜崎の『悪役』に成れた。

「――そうだな。竜崎、お前には関係ないことなんだよ」

次の言葉が思い浮かばないと、そう言わんばかりの切羽詰まった表情でおろおろしていた竜崎に、俺はあえて意地悪な言葉を選んだ。

「結月とはただの『女友達』なんだろ？　だったら、この縁談に首を突っ込むなよ。外であんなに喚（わめ）いて、迷惑とは思わないのか？　さっさと帰れよ」

「……て、てめぇはだったら『何』なんだよ！」

うん、そうだ。主人公なんだからちゃんと闘争心を見せろ。

俺に負けないでくれよ？　抗（あらが）え。しっかり戦え。

そうしていたらきっとお前は、いつもの『竜崎』に戻るはずだ。

「俺？　俺は結月の『許婚（いいなずけ）』になったが？」

「親が勝手に決めただけなんだろ!? たったそれだけのくせに、結月を呼び捨てになんてするな！」

……そうか。そういえば竜崎は、俺と結月の関係性も知らないのか。

だったら今こそ打ち明ける時だな。

「おいおい、お前はバカなのか？ 何も関係性がなくて許婚に選ばれるわけがないだろ……俺と結月は幼いころからの知り合いなんだよ」

「はぁ!? それって、つまり……！」

「そうだ。俺たちは『幼なじみ』なんだよ」

その単語は、竜崎にとってはあまり気持ち良くないものだろう。

だってこいつにとっては『初恋』の人を連想させる言葉だからだ。

「少なくとも、ただの『友達』でしかないお前よりかは縁の深い関係性だな」

「――――っ」

きっと今の竜崎は、感情がぐちゃぐちゃになっている。

その目は『しほがいるのにどういうことなんだ？』と言っているようにも見えた。

他には『確かにそうかもしれない』という、納得めいた表情にも感じる。

……混乱してそうだな。少し、情報を整理しておこう。

「勘違いしてそうだから言っておくけど、俺はこの縁談に対して肯定的というわけじゃないからな。お前も知っての通り、これは俺の母が勝手に決めた縁談だ……中山幸太郎は、北条結月を『好き』というわけじゃない」

「……え？」

それに対して驚いていたのは、むしろ竜崎ではなく由利さんと結月の祖父母である。

やっぱり勘違いしていたようだ。

戸惑わせてしまっていることに関しては申し訳ない。

ごめんなさい。すぐにでも、終わりにしますから。

もうちょっとだけ、失礼します。

「じゃ、じゃあ、縁談を断るってことなのか？」

「いや？　俺からは断らない……というか、断れないんだよ。縁談はこちら側が提案したことなんだから、当然だろ？」

否定する。俺に甘えて縁談が終わりになることを期待しているその弱さを、拒絶した。

お前が行動しなければ、この縁談は終わらないからな。

いや、俺が終わらせない。

だからちゃんと覚悟を見せろよ――主人公。

「だけど、まぁ……結婚って別にすぐするわけでもないからな。このまま縁談の話を断らずにズルズル引き延ばして、後で都合が良くなったら引き受ける。そういうことも、やろうと思えばできる立場にいるんだよ」

どうだ？　嫌悪感があるだろ？

自分と仲の良い女の子が、都合よく扱われていることは我慢できないだろ？

「おい……てめぇは結月の人生を何だと思ってるんだ？」

それでいい。怒れ。その怒りが、お前をいつもの『竜崎』に引き戻してくれる。

でも、まだ足りない。

そう思って更に言葉を重ねた。

「結月の人生？　さぁ、そんなの自分自身で決めることだろ……イヤならこんな縁談、断ればいいだけの話だ。だけど何も言わないってことは受け入れてるんじゃないか？」

そう言いながら、結月の方を見てみる。

これだけ言われても彼女はまだ何も言わない。今も俺ではなく、竜崎を見ていた。

相変わらず眼中にもないんだろう。俺の言葉で結月は怒ることすらしない……彼女にとって中山幸太郎はその程度の価値しかない人間なのである。

一方、竜崎の方はちゃんと怒ってくれていた。

「そんな言い方ないだろ！　結月は、大人しい女の子なんだよっ」

「大人しいからってイヤなことを『イヤ』と言わない、なんてことはないんじゃないか？　つまり、結月はこういう人生を望んでいるんだよ。誰かに都合よく扱われても、自分の幸せなんてどうでも良くて……そんなことより、親の機嫌の方が気になるような、臆病で気が弱い性格なんだろうな」

相変わらず、俺は別のキャラクターを演じるのが上手い……自分でもそう思う。

ちゃんと、憎たらしい悪役に成ることができていた。

おかげで……竜崎にも少しずつ変化が見え始めている。

「……黙れ」

あいつは俺を強く睨んでいた。

でも、まだだ。もっと、感情を見せろよ。

そうじゃないと……結月には届かないんだから。

「あはは。そんなに怒るなよ……というか、ただの『女友達』なんだから口出しはやめろよ。もし俺が好きな女の子に振られたら、結月を幸せにしてやるからさ。自分の人生でさえ、自分で決められないんだろ？　ずっと受身でめんどくさいけど『幼なじみ』だから仕方なく面倒を見るしかない。可哀想だからな」

ため息交じりに悪態をつく。その言葉は、さすがに場の空気を悪くした。

由利さんも結月の祖父母も、複雑そうな表情を浮かべていた。温厚そうな人たちですら今の俺には嫌悪感を抱いているようだ。

ほら、ちょうどいい頃合いだぞ。

ヘイトはちゃんと稼いでおいたから。

あとは好きにやれよ……ここからは主人公（ヒーロー）の見せ場だ。

「——可哀想なんて言うな」

かすれた声で、囁くように。

竜崎がぽつりと呟（つぶや）いた言葉は、不思議と聞き取りやすくて明瞭だった。

今までと明らかに雰囲気が違う。

そうだ……この状態を、待っていた。

「たしかに結月は受身だ。臆病だし、気が弱いし、イヤなこともイヤとは言わない……でも、それは悪いことなんかじゃないだろ。結月はとにかく優しくて、思いやりが深くて、相手のことを一番に考えられるような——素敵な女の子なんだよ」

少し前までの竜崎なら言えなかったような、素直なセリフ。

主人公らしい……ポジティブでキラキラした言葉だった。

「この縁談だって、親を傷つけたくないから断れなかったんだろ？　結月は本当に優しいから……他人を傷つけることが嫌いだから」

「……っ」

竜崎の言葉に結月は心を打たれている。俺に向ける顔とは違って、仄かに赤らんでいて……まさしく、恋する乙女のようにとろけている。

自分のない結月にとって、自分しかない竜崎は憧れの存在でもあったはずだ。

彼女が竜崎に恋をした理由は、なんとなく分かる。

だって俺と結月は、同類だから。

「こんなに素敵な女の子を、傷つけるな」

先程までは狼狽えてばかりだった竜崎が、一歩前に出てくる。

座っている俺を見下ろして、強く睨みつけている。

……ふぅ。あと少しだけ、背中を押してやるか。

「な、なんだよ……いきなり偉そうなこと言うな！　お前は結月にとってただの『友達』なんだろ!?　首を突っ込んでくんな！」

攻めている時は強気。

逆に、責められている時はへたれる。

そういうテンプレ悪役を演じて、竜崎の意思を問いただす。
『竜崎にとって結月はどういう存在なんだ？』
この期に及んで『友達』とは言わないと、分かっている。
今の竜崎ならちゃんと言えるよな？
「俺にとって結月は……ただの友達なんかじゃねぇよ」
質問に、竜崎は悩むように言葉を区切る。
でも、それも一瞬で……すぐにあいつはちゃんと応えてくれた。

「結月は、好きかもしれない人だ!!」

その瞬間——時が止まった。
俺も予想していなかった言葉なので、思わず素に戻ってこう言ってしまった。
「『かもしれない』ってなんだよ」
いや、ここは『好きな人』でいいだろ。
そうじゃないと綺麗じゃない。
縁談を壊しに来た理由が『好きかもしれないから』って、ちょっと納得いかないぞ？

でも——その言葉で、一気に緊張が緩和した。

「………うふふっ」

小さな笑い声が、響く。それを発したのは、今まで押し黙っていた結月だった。

俺としてはやや物足りない告白だったけれど。

彼女にとっては、どうやら十分だったらしい。

「龍馬さんがそう言ってくださって、嬉しいです……そうなんですね。わたくしにも、龍馬さんが愛してくれる可能性はあるんですね」

立ち上がりながら微笑む結月は、本当に嬉しそうな表情を浮かべていた。

「う、うん。なんか中途半端でごめん……俺も俺の感情がよく分かんないんだよ。たぶん、結月のことは好きだと思う。でも、他にも似たような感情を浮かべる人がいて、その人と比べるとやっぱりちょっと分からないというか——」

「いえ、もう大丈夫です」

言い訳がましい言葉を続ける竜崎に、結月は笑って首を横に振った。

それ以上言わなくても、ちゃんと気持ちは伝わっている……と、そう言わんばかりに。

「ただ、一つだけ聞かせてください……龍馬さんの人生に、わたくしは必要な存在ですか?」

そのセリフを聞いて……俺は、入学式の日を思い出した。

結月が竜崎と出会った日。

そして、惰性で友達だった俺に決別を告げた瞬間でもある。

『幸太郎さんの人生に、わたくしは必要ありませんよね？』

確認するような問いかけに俺は何も言えず、結局関係は疎遠になった。

しかし、竜崎はちゃんと答えた。

「必要に決まってるだろ！」

力強い言葉で、竜崎が結月を抱き寄せる。

突然の抱擁に結月は顔を赤らめていたけれど……抵抗はもちろんしなかった。

「それでは、おそばにいます」

いつも通り、しとやかに。

相手を立てるように、少し腰を低くして。

だけど、ちゃんとついていくと言わんばかりに、結月も竜崎を抱きしめる。

それから……彼女はハッキリと自分の意思を口にした。

「お母様？　わたくし、こんな縁談は望んでいません……結月が好きなのは——龍馬さんですから」

やっと、彼女の瞳に光が戻る。

やっぱり竜崎はすごい……俺の言葉では微動だにしなかった結月が、簡単に影響を受けて成長した。

ヒロインを変えられるのは、いつだって主人公なのである。

それを改めて目の当たりにして、俺は心の中で小さく笑うのだった――。

◆

こうして顔合わせは中断となる。

結局、食事には口をつけることなく俺と叔母さんは北条邸を後にした。

『てっきり、結月は幸太郎君に好意を持っているものだと勘違いしておりました……親だけで盛り上がってしまって、幸太郎君にも迷惑をかけましたね。ごめんなさい、縁談はなかったことにします』

去り際に由利さんは謝っていたけれど、表情はとても冷たかった。

俺の言葉に不快感を示していたのでそれも当然である。

「はい。色々とご迷惑をおかけしました」

最後にしっかりと頭を下げたけれど、由利さんは見向きもせずに踵を返した。

……実は、食事会には俺と叔母さんの代わりに竜崎が参加している。結月の提案でそうなって、これから北条家と竜崎は楽しい時間を過ごすのだろう。

せめて彼女たちの邪魔にならないように……俺は足早に北条家の敷地から出た。

「おい、クソガキ。ちょっと待て」

そのまま家に帰宅しようとしたけれど、不意に叔母さんが俺の首根っこを掴んだ。

「暇だろ？　あたしに付き合え……ツーリングしたい気分なんだよ」

そう言いながら、家の前に停めてある大型バイクを指さす叔母さん。

正直なところ、あまり気は進まない。

「その辛気臭い顔を梓に見せるつもりか？」

でも、そう指摘されたら断ることなんてできなかった。

そっか。俺、表情がそんなに良くないのか。

「ったく、無理すんじゃねぇよ……らしくねぇことしやがって」

叔母さんは俺の顔を見て苦笑する。せめて顔を隠せ、と言わんばかりにヘルメットを強引に押し付けてくる。それをかぶっていると、叔母さんがバイクの収納スペースから暖かそうなジャンパーを取り出して、着せてくれた。

「着ろ。この時期は寒(さみ)ぃからな」

「……叔母さんは寒くないの？　一着しかないみたいだけど」

「お姉さんは若いから寒くねぇよ」

乱暴な口調でそう言ってるけれど、声はとても柔らかい。

その優しさに、今は甘えた。

叔母さんも俺に続いてヘルメットをかぶり、手袋をつけて、バイクにまたがった。

器用にサイドスタンドを上げて、次にエンジンをかけてから俺にも乗るように合図してきたので、その後ろにまたがる。

「遠慮せずに体に手を回せ。振り落とされたら大変だからな……おっぱいは触るなよ。運転どころじゃなくなる」

「触らないよ。あんまり興味ないし」

「んっ!?　お、おい、手つきがやらしいぞ？　どこ触ってんだよ」

「おなかだけど」

「……少しは照れろよ。セクシーなお姉さんのおなかを触ってんだからよぉ」

「叔母さんには無理だよ」

「お姉さんっつってんだろ。泣かすぞオラ」

そんないつものやり取りを交わしてから、バイクは走り出す。

冬のツーリングはとにかく寒いことを初めて知った。

ジャンパーを着てなかったら耐えられなかったかもしれない。

でも、叔母さんは平気そうにバイクを走らせていた……しかし、華奢(きゃしゃ)な体は冷気のせいでどんどんと冷たくなっているような気がする。

少しでも温かくなるように後ろから背中を抱きしめると、くすぐったそうに叔母さんは身を揺らした。

でも、何も言わずに運転を続けて……だいたい三十分くらいだろうか。

到着したのは、海岸だった。

冬ということで浜辺には誰もいない。というか、海面には白波が立っていてやや荒れていた……冬場は風も強いから海は来るべき場所じゃないと思うけどなぁ。

「寒ぃなおい。凍え死ぬ……！」

「だったら海に来なくても良かったのに」

そう言って、近くの自動販売機で買った温かい缶コーヒーを差し出す。

叔母さんはそれを握ってため息をついた。

「バカかてめぇは。落ち込んだら海を見て元気を出すんだよ。海を見てたら大抵の悩みなんて忘れるって母親に教わらなかったのか？」

「母さんはそんなこと言わないと思う」

「それもそうか……ってか、そういや姉貴には縁談がなくなったって言わねぇといけないのか。憂鬱だな。怒られるんだろうなぁ」

「ご、ごめんなさい」

「まぁ、怒られるのは慣れてるから大丈夫だ。幸太郎は気にすんなよ」

「うん……ありがとう」

そう言いながら、着ていたジャンパーを脱いで叔母さんに渡した。

「……優しいガキだな、てめぇは」

それを受け取りながら叔母さんは笑う。

ジャンパーを着て、俺の頭をつかんで抱き寄せるように撫(な)でてきた。いや、撫でるのではなく髪の毛をくしゃくしゃにされているだけか。

「やめてよ。なんか恥ずかしい」

「照れんなよ……まったく、仕方ねぇ甥(おい)っ子だな。ガキなんて嫌いだが……てめぇのことはかわいくて仕方ない」

それから、珍しく叔母さんが変なことを言い始めた。

「よくがんばったな」

労うような言葉をかけてくれる。

「ちょっと無理しているように見えたが、縁談はなくなったじゃねぇか。大したもんだ

……そうか、北条家は色々と勘違いしてたんだな」

その優しさが身に染みた。

あの場で悪者になって、みんなから冷たい視線を浴びせられて……それで何も思わないほど、俺は鈍感じゃない。

叔母さんの温かい言葉に、涙腺が緩みそうだった。

「……また俺は、安易な手段を選んでしまった」

だから、ついつい弱音を吐き出してしまう。前回、泣いてしまった時と同じように……叔母さんの前では強がることなんてできなかった。

「自分を悪者にして、自分以外が良ければそれでいい……と。もちろんやりたいと思っていたわけじゃない。でも、できてしまうから、やってしまう。俺が傷つくと分かっていても、俺は……っ」

短絡的な手段だ。

非情になりきれたら、自分のことだけを考えることができたら、今回の件だってもっと

簡単に片づけられたと思う。

　それなのに、俺は……どうしても自分より他人を優先してしまう。

　これはあまり良くないことだ――と、思っていたけれど。

「立派じゃねぇか」

　叔母さんは、そんな俺を褒めてくれていた。

「他人のことを思いやれるって、すげぇことだと思うぞ。世の中、自分のことしか考えられない連中ばっかりだからな。幸太郎みたいな人間は貴重だ」

「貴重……かな？　どこにでもいるような気がするけど」

「そんなわけねぇだろ。てめぇみたいな人間がどこにでもいてたまるか。優しい自分を否定すんなよ……むしろ、誇れ。あと、あんまり自分を責めんな。見てるこっちまで泣きそうになるだろうが」

「……そ、そこまで表情に出てた？」

「てめぇはちびの頃から感情表現が下手くそだったが……あたしはずっと面倒を見てきたんだよ。だから何を考えているのかはだいたい分かる。辛い気持ちは海に捨てていけ。家にまで持ち帰らない方がいい」

　言われて、もう一度海に目を向ける。

潮が引いては、押し寄せて……また引いては、押し寄せる。

「………………」

それを繰り返し見ていると、不思議なことに心が落ち着いてきた。

優しすぎる自分は、弱さだと思っていた。

モブキャラみたいに意志がないから、優しくなっているだけだと思い込んでいた。

でも、それもまた自分を否定していたことと同じなのだろう。

こんな俺も、俺なのだ。

中山幸太郎は、そういう性質の人間で……それを恥ずかしく思う必要も、欠点だと嘆く必要もなかったのに。

堂々としていいんだ。

悪役の中山幸太郎も、優しい中山幸太郎も、俺の一部であることに変わりない。

過剰に演じていたわけじゃない。

スイッチの切り替えは、自分のモードを調節していただけで……違う自分に成り変わっていたわけじゃないのだろう。

今までは加減ができていなかった。でも、これからはたぶん大丈夫……ちゃんと制御して、自分の武器にしてもいいのかもしれない。

「負けんなよ。自分にも、それから姉貴にも……幸せになってくれないと、困る」

しばらく時間が経って、俺の表情も少しはマシになったのだろう。

叔母さんがジャンパーを脱いで俺に渡してきた。

もう帰るぞ、とそう言うように。

「どうして困るの？」

素直に受け取って羽織ると、タバコと香水の入り混じった独特な匂いがした。

嗅ぎ慣れた、落ち着く匂いである。

「あたしが幸太郎を自分の子供みたいに思ってしまっているからだ」

まるで……母親に抱きしめられているかのように。

叔母さんの隣にいると、中山幸太郎はちゃんと『中山幸太郎』でいられた。

「じゃあ、幸せになる」

「おう、そうしろ」

「それで、その……寄ってほしいところがあるんだけど、いいかな？」

「当たり前だろ。幸太郎のお願いだったら何でも聞いてやるさ」

――俺を、愛しているから。

そう言われなくても、もちろん気持ちは伝わっていた。

ありがとう、叔母さん……いや、千里お姉さん。

俺が優しく育ったのは、きっとあなたのおかげだよ——。

◆

「じゃあな、幸太郎。気をつけて帰れよ」

「うん、今日はありがとう」

目的の場所に到着すると、叔母さんには帰ってもらった。

用事が長くなりそうな気がしたので、待たせるのも悪いと思ったのだ。

こういう時、叔母さんはちゃんと俺の意思を尊重してくれる。過保護というわけじゃなく、いつも適度な距離感を保ってくれる人なのだ。

それに改めて感謝した。

もう俺の表情は暗くないはず。

だから……きっと、彼女に会っても大丈夫なはずだ。

そう自分に言い聞かせて、インターホンを押した。

『ピンポーン』

呼び出し音が扉越しにも聞こえてくる。

それから間もなく、玄関に設置されたスピーカーから声が発せられた。

「はい、どなた？」

一瞬、声がしほに似ていると思った。

だけどちょっとだけ違うと気付いて、慌てて挨拶の言葉を口にした。

「こ、こんにちは……中山幸太郎と申します。しほさんの、お見舞いに来たのですが」

「――幸太郎だ」

やっぱり相手はしほじゃなかった。

その呼び方でやっと確信を持つ。たぶん、しほの母親だろう。

「ちょっと待っててね。すぐに出るから」

直後、俺の返事も待たずして会話が途切れると、中からバタバタと慌てた様子の足音が響いて……それからすぐに、ドアが開いた。

そして顔を覗(のぞ)かせたのは、十年後のしほ――と言われても信じてしまいそうなくらいにそっくりな、彼女の母親だった。

しほよりもっと色素の薄い銀髪と濃厚な蒼(あお)の瞳がとても綺麗な美女。

こんなに間近で見るのは、実は初めてだ。

そして、この距離で見たらやっぱり強く実感した。

この人は、しほの母親なのだ——と。

普通にはない『華』と『オーラ』を放つ美女が、俺をまっすぐ見つめていた。

「………………」

それにしても、何も言わない。俺の言葉を待っているのだろうか？

「あの……初めまして？　いや、何度か顔は合わせているのでそれはおかしいですよね。えっと、しほから話はたくさん聞いてます。さつきさん、ですよね？」

しほから教えてもらった名前を、口に出す。

そうすると……彼女はもじもじしながらこう言った。

「しゃちゅきでしゅっ」

「——え？」

ど、どういうこと？

何を言ったのか分からなくてびっくりしていたら、さつきさんがこほんと咳払(せきばら)いをしてから、もう一度言葉を繰り返した。

「……さつきですっ」

なるほど。先程は自己紹介しようとして、噛(か)んでしまったらしい。

なんていうか……しほのお母さんだなぁと思った。

「ごめんね？　しぃちゃんの母親だから……実はちょっと人見知りで」

「そうなんですか？」

「ええ。普通の男の子が相手なら何も言えないくらいには、他の人間が苦手よ」

「でも、ちゃんと会話できてます」

出会ったころのしほに比べたら人見知りは軽いように見える。

謝るほどじゃない気がするけれど。

「それはあなたが特別だからでしょうね。幸太郎のことはしぃちゃんからたくさん聞いてて……初めて会話するのに、初めてじゃない気がするわ」

そんな嬉しいことを言ってもらえた。

「いらっしゃい。さぁ、上がって」

「はい。あ、いつもお料理を分けてもらってありがとうございます。美味しくいただいてます……義妹の梓もさつきさんの料理にはすごく喜んでて」

「そうなの？　そう……うふふ♪」

玄関から室内に上がる。

その間にずっと伝えられなかったことを言うと、さつきさんは嬉しそうに微笑んだ。

「これからも余ったおかずがあったらしぃちゃんに持たせるわね」

「ありがとうございます。梓も喜びます」

「幸太郎は？」

「え？　あ、俺だってもちろん嬉しいです」

「一番好きな食べ物って何かしら？」

「俺は……えっと、たぶんオムライス？」

今までしほに分けてもらった中で、一番記憶に残っている料理を口にする。

そう言うと、さつきさんは俺のおでこをちょこんとつついた。

「しぃちゃんと同じなんて、素敵ね」

それから背を向けて、さつきさんはやっと歩き出す。

その足取りは軽い。まるでスキップしているように見えるくらいに。

「昨日くらいからだったかしら？　熱が下がってきて、少しずつ元気になってるわ」

歩きながらしほのことを説明するさつきさん。

容態が気になっていたので、元気になっているという言葉はとても嬉しかった。

「それは良かったです」

「ええ。今は寝ていると思うけれど、起こしても大丈夫だから」

そして案内されたのは、しほの部屋だった。

「じゃあ、ごゆっくり」

扉を開けてくれたさつきさんに頭を下げながら、中へと入る。

室内は意外と綺麗に片付いていた。しほは見た目に反して雑な性格だけど……さつきさんが掃除などは手伝ってくれているのかもしれない。

やっぱりしほも女の子だなぁ……と、思うような部屋だった。

ゲーム好きの影響かフィギュアなどかわいい系のグッズが多い。特にベッドには大きなぬいぐるみが複数あって、それに交じるように彼女もぐっすりと眠っていた。

「んゃ……にへへ～」

どんな夢を見ているのだろう？

幸せそうに微笑んでいるその表情を見て、体から一気に力が抜ける。

なんだか久しぶりに彼女を見た気がする。

しほだ。

しほが、そこにいた。

顔色は思ったより良い。ただ、熱があった影響か体が少し汗ばんでいる。

そういえば、彼女との出会いも寝顔だった。

放課後の教室で眠るしほを見つけて、声をかけた……というよりかは、かけられたの方が正しいか。とにかくその時、寝顔を見て動揺したことを覚えている。

隙だらけな表情が逆に気分を乱す。赤ちゃんを前にした戸惑いに似ているかもしれない。

泣かれてしまうんじゃないか。

イヤな気分にさせてしまうんじゃないか。

しほの寝顔を見ていると、それと似た感情を抱く。

でも……今、しほが頬ずりするようにして顔を埋めている枕が、ネガティブな感情を吹き飛ばしてくれた。

（あ、俺の枕だ）

あれも、出会って間もない頃。しほが初めて中山家に遊びに来た時だ……色々あって、彼女が俺の部屋から枕を持ち去ってしまったのである。

それをしほは使っているみたいだった。

……こんなに思ってくれているのに、寝顔を見たくらいで嫌われるわけがない。

そう自分を信じることができた。

もう、出会った頃の俺と今の俺は違う。

卑屈なモブキャラはもういない。ここにいるのは『中山幸太郎』である。

だから、自分の心に従って……しほの寝顔に手を伸ばした。

乱れた髪の毛を整えようと思って、額に触れる。

その瞬間だった。

「んにゃ……ママ、おみずちょーだい？」

しほが薄く目を開けた。俺のことをさつきさんだと勘違いしているようである。

俺が伸ばした手を掴んで、甘えるように握りしめてきた。

「ママじゃなくていいなら、水を持ってこようか？」

その手を優しく握り返して。

驚かせないように小さな声で話しかけると……しほはようやく、相手がさつきさんじゃないことに気付いたみたいだった。

「――――え？」

パッチリと目が開く。

俺のことを視認して、丸みを帯びた瞳が今度は点になっていった。

「…………こ、幸太郎くん？　本物？」

「うん。幸太郎だよ……お見舞いに来たんだ」

頷（うなず）いて、空いている手で髪の毛を撫でる。

そうすると……しほがたちまちに顔を真っ赤にして、布団で顔を隠した。

「み、みちゃダメっ」

「えー？　一週間ぶりだからもっと顔を見たいのに」

「だ、だって……はずかちぃ」

とは言っているけれど。

俺が顔を見たいと言ったからか、しほは目元だけ布団から出してくれた。

「……信じられないわ。わたし、とっても耳がいいのよ？」

「それは知ってるけど」

「なのにどうして、幸太郎くんが部屋に入ってきたことに気付かないのよっ。そんな人はママかパパしかいないのに……もしかして幸太郎くんは忍者さん？　それとも殺し屋さん？　音を殺して歩くのがクセになっているタイプの人？」

「いやいや。普通に入って来ただけだから」

ああ……落ち着く。

平日の間、ずっと会えなかっただけ。

それなのに随分と久しぶりに感じるこの会話が、楽しくて仕方ない。

「体調はどう？」

「ちょっと前くらいから、少しずつ良くなってるわ」

ベッドの端っこに座る。

手を繋（つな）いだまま会話が続く。

離れないのはしほが握っているから……だけではなく、俺も握っているからだろう。

「でも、幸太郎くんとオシャベリできなくて寂しかった」

「実は俺も……しほと話したくてモヤモヤしてた。だから、そろそろスマホを買おうと思うんだけど」

「いいと思うっ」

スマホ、という単語を耳にした瞬間、しほが食い気味に頷いてきた。

「この前、幸太郎くんがあずにゃんのスマホを借りてたでしょう？　あの時、恥ずかしかったけど、やっぱり楽しかったから」

「うん。俺も、楽しかった」

ああやってずっとオシャベリするのもまた違った良さがある。

もちろん、直接会って会話するのが一番だけど……会えない時間も繋がっている安心感があったのだ。

「あ、でも……幸太郎くんは、わたしがメッセージを送ったら迷惑？」

「迷惑じゃない。むしろ嬉しい」

「……結構、連続で送るタイプだけど、大丈夫？　たぶん、我慢できなくて結構めんどくさいと思うわ。もし、気を遣ってるだけなら、買わない方がいいと思うの」

やっぱり病気だからなのかな。

珍しくしほが弱気だった。不安そうに手を握ってきたので、ちょっとだけ強く握り返してから、ちゃんと大丈夫と伝えた。

「今更だよ。しほが寂しがりやなのは知ってる……それがめんどくさいなんて思ったことないよ。そういうところも、好きだから」

しっかりと想いを口に出す。

そうしてあげたら、しほは安心したように表情を緩めてくれた。

「わたしも好きっ。そう言ってくれる幸太郎くんが、大好き」

……胸が、温かい。

体が、熱い。

しほの言葉が、幸福という感情を生成している。

この子の笑顔をもっと見たい。

そう思わせてくれるような存在と出会えたことに、感謝した。

……そうだ。あのことをちゃんと伝えておかないと。

そもそも、それが目的で今日はここに来たのだから。

「しほ。縁談の話、断ってきたよ」

伝えたかったのは『結月との縁談がなくなった』ということである。

泣きじゃくるしほの顔を思い出すと今でも辛い。もう二度と、泣かせたりしない……そのための第一歩として、まずはしっかりと問題を解決してきた。

「──良かった」

その一言でしほは安堵の息を零す。

また更に、表情が明るくなって……俺の心を照らしてくれた。

「もう、誰とも許婚になんてならないでね？」

「絶対にならない。約束するよ」

「特別な人は、わたしだけにしてね？　……あずにゃんとかは許すけど」

「家族の他には、しほだけだよ」

「うん。あとは……わたし以外の女の子をお嫁さんにしたらダメだからね？」

──以前までの俺だったら、その言葉で思考を停止させていたかもしれない。

自分を否定していた俺には未来を考える余裕がなかったから。

でも、今の俺はしっかりと頷くことができた。

「もちろん。俺には、君しかいない」

『俺なんて無理だ』

そうやって臆病になる中山幸太郎は、もういない。

しほとの未来もちゃんと考えられるくらいには……自分を信じられるし、好きになれたみたいだ。

「良かった……本当に、よかったぁ」

やっぱり気にしていたのだろう。

しほは不意に起き上がって、俺に思いっきり抱きついてきた。

「幸太郎くんがいなくならないで、本当に良かった……っ」

しほの体は普段よりも熱っぽい。

体調不良のせい……だけでは、ないような気もした。

「幸太郎くんと会えない日常を想像したら、ゾッとする……今でもたまに、怖くなるの。あなたと出会う前のことを思い出すと、怖くて泣きそうになるわ。寂しくて、苦しくて、辛かったあの時にはもう、戻りたくなんてない」

――生まれつき、聴覚に優れていた。

感情さえも『聞き取れて』しまうしほにとって、他人とは恐怖の象徴だったのだろう。

容姿が異常に整っているせいもあって、異性からは下心を、同性からは嫉妬の感情を浴びせられてばかりで……挙句の果てには人見知りとなり、対人恐怖症に近い状態に陥ってしまっていた。

他人がいると言葉が出ない。表情を動かせない。何も考えられない。

……しほの人生を想像する。

そうしてみると、この出会いで救われているのは……意外と俺の方ではなく、しほなのかもしれないと思った。

もし、俺と出会わなかったら。

しほは今でも笑えなかったのかもしれない。

家族の前以外ではずっと無表情で……辛い毎日を過ごしていたのかもしれない。

だから彼女は、俺の縁談であんなに泣きじゃくったのだろう。

「もう、大丈夫だよ。そばにいる」

安心してほしくて、その一言を囁くと……しほは満面の笑みを浮かべてくれた。

「えへへ～」
太陽みたいに温かくて、明るい表情。
氷みたいに冷たい『霜月さん』よりも、俺はこっちの方がやっぱり好きだ。
しほらしいと思うから。
「「…………」」
しばらく、無言で抱きしめあう。
離れたくなかった。いや、放したくなかった。
この熱を……絶対に忘れたくない。
しほにはずっと笑顔でいてほしい。
幸せに、したい。
そのためにどうしても、片づけないといけない問題があと一つだけ残っている。
(母さんとのことも、清算しないと)
過去を、乗り越える。
また、母に振り回されるのはうんざりだ。
もう二度とこんなことがないように、俺の意思をハッキリと告げる必要があった。
ちゃんと母さんとの関係にけじめをつけよう。

そして……クリスマスには、約束通りにしほに告白する。
しほの『恋人』になる。
そう、決意するのだった――。

第七話　デウス・エクス・マキナ

どうやらワタシは間違えていたみたいだね。

『物語が見えるだけのモブキャラ』

コウタロウのことをそう認識していたけれど……彼はただのモブなんかじゃない。成長している。覚醒して、モブではない存在に昇華している。

（展開を作るのは作者。展開を読むのは読者……そして、展開を動かすのがキミということかな？）

ワタシと同種ではある。しかし細かく分類すると違う。

作者であり、読者であるワタシは流れを予測することはできても、物語を動かす力は少々弱い。故に文化祭の時のようにうまくいかないこともある。

一方、コウタロウはこれから何が起こるかを分析する力こそ弱いけれど、思い通りに物語を動かす力には長けている。

自分がないモブであったが故に、何者にも成れるその汎用性は高い。

（こんなにあっさり、ワタシの思い通りになるなんて）

ユヅキの縁談、もっと苦労するかと思っていた。リョウマの覚醒が甘く、主人公らしからぬ言動を見せていたのに……コウタロウが強引にそれを修正した。

彼は主体性の薄いキャラクターである。

でも、だからこそ与えられたタスクの実行力には長けている。

言われたことしかできない。

それは即ち、言われたことならなんでもできるということでもあって。

「面白すぎるなぁ」

もっと、見たい。彼の行く末を、見届けたい。

（だから、ここでキミを失うのはもったいないね）

これからもコウタロウの物語を読み続けるには、ここでもう一つの問題を片付けておく必要がある。

これは別に良心なんかじゃない。悪役が心を入れ替えた、なんて……ワタシはそんなに綺麗なキャラクターじゃない。

メアリーは快楽主義者だからね。楽しい方向に動くだけさ。

今回のことも、ただの気まぐれだ。

（コウタロウ……過去の鎖をほどいてあげよう）
この物語は完全なハッピーエンドで終わらせてあげたい。
それが彼の成長を促進するし、物語として美しい。
そう思って、ワタシは彼女を呼んだ。
「さて、ナカヤマはちゃんと日本に帰って来てるかな？」
ヨーロッパから日本まで渡航時間はどれくらいだっけ？
いや、でも時差があるので昨日出発していたらそろそろ到着するかもしれないね。
それではワタシも目的地に向かうとしようか。
「デウス・エクス・マキナ」
なんやかんやありましたけど、神様がなんとかしました。
そういう物語も、たまには悪くない——。

◆

しほのお見舞いに行った翌日のこと。

一晩寝て、それから叔母さんに会うために出かけようとしたタイミングで……梓（あずさ）のスマホに電話が入った。

「おにーちゃん。千里お姉さんから電話だよー？」

「え？　あ、うん。分かった」

梓からスマホを受け取り、通話口に耳をつける。

すると、叔母さんの切羽詰まった声が聞こえてきた。

「幸太郎、すまん」

「――姉貴が帰ってきた」

「………そっか」

不思議なことに、驚きはあまりなかった。

直接会うことになるとは思ってなかったけど……どうせ今日、電話しようと思っていたのでやることとは変わらない。そのために叔母さんに会おうとしていたのだ。

「今からうちの店に来られるか？　姉貴はもうここにいる」

「うん、すぐに行く」

それだけで電話は終わった。

……既に覚悟は決まっている。だから怖がる必要なんて……ない。

そう自分に言い聞かせて、震える体に力を入れた。

でも……梓にはバレていたようだ。

「お義母さんと会うの？」

スピーカーの音量も大きかったので、叔母さんとの会話も聞こえていたのだろう。

これでは隠しようがない。観念して正直に頷いた。

「うん。日本に帰って来てるみたいで……」

「なんでうちに来ないんだろうね？　相変わらず変だなぁ」

梓は怪訝そうに顔をしかめている。

彼女にとっては義母にあたる人だけど、今まで関係が疎遠だったこともあって二人の間に特別な情などはないのだろう。

だからなのか、梓は結構母さんに厳しい。

「梓のことは避けているのに、おにーちゃんには干渉してこようとするところも、すっごく意味わかんない」

「……産みの親だから、なのかな」

「だとしても、おにーちゃんはお義母さんの人形なんかじゃないでしょ？」

あれ？　もしかして梓は怒ってる？

いつもより明らかに不機嫌だった。

「仕事を言い訳にして育児放棄してるくせに、言うことを聞く必要なんてないと思う」

「あ、梓？　落ち着いて……大丈夫、あの人は梓には何もしてこないと思うから、警戒する必要もないぞ」

「――でも、おにーちゃんを傷つけるのが許せないっ」

……ああ、そういうことか。

「梓が言ってあげようか？　『おにーちゃんをイジめないで！』って」

いきなり怒りだして変だと思っていたけれど……梓は俺のために怒ってくれているみたいだった。

あの梓が人のために怒っている。

義妹の成長を実感して、なんだか感動してしまった。

「梓……！」

ちゃんと褒めてあげようと、手を伸ばす。

無意識に、しほにやっているみたいに……頭を撫でてあげようと思ったけれど。

「やだ、触んないで！　だいたい、おにーちゃんが弱気だから見てて すごくイライラするんだからねっ。もっとハッキリ言い返してよ！」

前よりも大きくなった梓は、少し反抗期に入っているようだった。

なんだかいつもより態度が荒々しい。

「このままだったらずっとお義母さんに傷つけられるよ？　そんなのダメだよっ……梓の未来のことは心配してるくせに、自分の未来のこともしっかり考えて！」

お説教するように力強い言葉を紡ぐ梓。

「うん……そうだよな。ちゃんと、俺の未来も大切にしないと」

「まったく……梓のおにーちゃんなんだから、ちゃんとして」

その言葉は、心に元気をくれた。

梓の優しさが、弱い俺に鞭を打ってくれたのだろう。

「ありがとう。今日こそ言い返してくるよ……いってきます」

そう言って、玄関を出る。

「ふぅ、仕方ないおにーちゃんだなぁ……がんばってね。いってらっしゃい」

梓はなんだかんだ、玄関まで見送ってくれた。

……よし、もう大丈夫だ。

梓のおかげで、いつの間にか震えも止まっていた――。

◆

秋葉原に到着して、まっすぐ叔母さんのお店へと向かう。

一週間ぶりなので道順も完璧に覚えている。ただし……足取りは重かった。

俺にとっては過去のトラウマ。

自分を『モブキャラ』だと思い込むようになった、問題の元凶。

あの人に否定されたことをきっかけに、俺は自分を嫌いになった。

でも、今はもう大丈夫。これからきっと母に厳しい言葉を浴びせられるだろう。それでも俺は、ちゃんと自分を貫ける。

「しほをもう泣かせたりしない」

言葉に出して心に刻む。

そして、叔母さんが経営するメイドカフェに入った。

「あ……幸太郎、来たか」

まず、入口で叔母さんが出迎えてくれた。

俺を待っていたのだろう……扉を開けた時にはもう俺に歩み寄っていた。

「なだめてはみたんだが……怒ってるぞ」

「ううん、大丈夫」

相変わらず優しい人だ。

謝る必要なんてないのに……あの人が怒っているのは、叔母さんの責任じゃない。

「後は任せて」

「ああ、うん……ごめんな」

叔母さんはまだ心配そうにしていたけれど、頷いてくれた。

さて、いよいよご対面である。

「――来い」

一言。そのワードで、空気が冷える。

店内は暖房が効いているはずなのに……寒くて体が震えそうだった。

恐る恐る顔を上げて……お店の奥を確認する。

入口から一番離れたテーブル席に、あの人はいた。

「これ以上、私の時間を奪うな」

温度のない無機質な声。

やや棒読み気味にも聞こえる、人間味のない事務的な口調。

多忙のせいか、化粧が施されてもなお顔の血色は悪い。目の下の隈も隠しきれておらず、相変わらず不健康そうだ。

スーツ姿がよく似合うキャリアウーマン。

その人こそ、間違いなく俺の母親——中山加奈（なかやまかな）だった。

「母さん……」

顔を合わせたのは中学生以来だ。数年ぶりに見た母は、少しやつれていた。

「体調、大丈夫？」

無意識に不安になるほどの顔つきだった。

でも、そんな話はこの人にとってどうでもいいのだろう。

「さっさと来い。そして説明しろ……どういうことだ？　なぜ、北条（ほうじょう）家との縁談がなくなっている？　『私を失望させるなよ』と、そう言わなかったか？」

無表情なのに威圧的なのも、どこか懐かしい。

変わらない人だ。この人はいつも、静かに相手を絞め殺すように説教をする。

「おかげで北条との商談も消えた。この損失をどう補填する？　幸太郎、お前の失敗はお前が取り返せ。そうするのが筋だ……そうするのが『大人』だろう？」

「でも——こいつはまだガキだろうが！」

母の問いに対して、押し黙る俺をかばうように叔母さんが前に出てくれた。

ただ、その声が明らかに震えている。叔母さんは母に対して絶大な恩があるらしい。だから逆らえないと言っていたのに……俺のために主義を曲げてくれている。

しかし、妹の言葉で意見を変えるような人間は、そもそも自らの子供に対して『失敗作』などと言わないわけで。

「千里、黙っていろ」

想(おも)いは、届かない。

「お前の管理責任を追及するのは後だ。邪魔するのなら出ていけ」

「で、でも……っ」

「二度、同じ言葉を言わせるなよ？」

切り捨てる。言葉や、そこに宿る想いをくみ取ろうとせずに、淡々と処理する。

その冷気は、叔母さんの心さえも凍らせていた。

「……ごめん」

最後にもう一度、叔母さんが俺に謝って背を向ける。

義を重んじる人だから、どうしても恩人に対して反発できないのだろう……辛(つら)そうな顔でお店から出て行った。

もちろん叔母さんを怨んでなんかいない。

むしろ、そんな顔になってまで守ろうとしてくれたその想いに感謝した。

（気にしないで……これは、俺がやるべきことだから）

母との関係にきちんとけじめをつける。それは、俺にしかできないことだ。

「……高校生を『子供』だと思っているのなら、すぐに考えを改めろ。幸太郎、世界にはお前の年齢ですでに億を稼ぐ人間が存在する。子供扱いする年齢ではない」

母さんにとって、俺は『大人』に属しているらしい。

でも……大人だと口では言っているけれど、対等な関係とは思えない。

母さんはまだ俺のことを『人形』だと思っているような気がする。

だから自分の思い通りにならないことが許せないんだ。

「もし、損失を補填する方法がないのであれば……いや、ないに決まっているか。日々を適当に生きている高校生に何千万という利益を生み出せるわけがない」

「……また、俺に何かさせるつもりですか？」

「もう一つ、縁談を作れそうな相手がいる。『胡桃沢』という家だ……実家にいた頃、使用人をしていた家でもある。今でも親交がある……というか、とてもお世話になっている相手でな。そこなら良い縁を作れるだろう」

やっぱり、ここで断ち切らないと母さんは何度でも俺の人生に干渉してくるだろう。

「あまり気が進まないと言ったら？」

「お前の気分などそもそも聞いてないのだが？　くだらない感情論で私のプランを邪魔するな。私の言う通りに生きていればいい……お前には何も期待していない。だから、せめて私にとって有用な存在であってくれ。そうでなければ、お前を産んだ意味がない」

静かな口調が怖かった。

幼少期の俺に対しても、こうやって容赦なく叱っていたことを思い出す。

生まれを否定されて落ち込んだ時期もあった。

無能と判断されて自分を不甲斐（ふがい）なく思ったこともある。

失望されたことがきっかけで、俺は『中山幸太郎』を嫌いになった。

「何もしなくていい。お前はただおとなしくしていろ。私の考えを理解しなくていい。ただ、言われたことだけを素直にやっていればいい。そうしていれば、そこそこの人生を歩めるのだからな」

――冷たい。

「っ……」

その声を聞いているだけで、心が凍り付きそうだった。

過去のトラウマが蘇(よみがえ)ってジワジワと体を蝕(むしば)んでいく……心臓から末端へと、全身を巡る血と一緒に冷たさが全身へと広がった。

『がんばっているつもりで満足するなよ』

努力を否定された。

『結果の出ていない努力を努力と呼ぶな』

サボっているのだと、そう決めつけられた。

『失敗の理由を考えられないのか？』

何も考えていないのかと、呆(あき)れられた。

『私の子供なのに何もできないんだな』

期待が失望に変わったあの顔は、今でもずっと忘れられない。

自分が悪いんだとそう決めつけていた。

俺が無能だから嫌われたんだと……そう言い聞かせないと、自分を保てなかった。

でも、母さん……聞かせてほしい。

「子供は、必ずしも有能でないといけませんか？」

最初は小さな声で。

しかし……ちゃんと、母さんが聞こえるように。

「何かができないと愛される資格がないですか？　勝手に産んでおいて……勝手に期待して、勝手に失望することが、正しいとは思えません」

抵抗した。もう、うんざりだったから。

「あなたが押し付ける『そこそこの人生』なんていりません。確かに母さんから見たら俺は無能で、間違えてばかりかもしれない。もしかしたら、俺が不幸で可哀想だと思って色々とやってくれているのかもしれない……でも、そんなの余計なお世話です」

失敗することは悪いことじゃないのに。

完璧でなくてもいい……あなたがそう言ってくれていたら、俺はもうちょっと違う育ち方ができていたと思う。

「あなたの思い通りにはならない」

必死に、言葉を紡ぐ。俺なりに勇気を振り絞って発した思いである。

しかし……母さんは終始表情を変えない。

「言いたいことはそれだけか？」

聞いた上で、聞く価値がないと、母さんはそう言っている。

「何度も同じことを言わせるな。幸太郎、お前の意思なんてどうでもいいんだ……イヤだろうが、辛かろうが、やれ。何もできないお前が、唯一できることがそれだろう？」

──寒い。

温度のない言葉が、体をジワジワと凍らせていく。

まだまだ言いたいことはある。

でも、体が冷たくて喉が動かない……また、過去の鎖が俺を束縛していた。

──動け。

ここで動けよ。幸太郎、お前は成長したんだろ？

……言われたことしかできない『モブキャラ』じゃなくなったのに。

（くそっ）

歯を食いしばっても言葉が出てこない。

いや、体に変な力が入っているせいで、動けなくなっていた。

傷つけてくる人に対して、同じように強い言葉で傷つける……その強さが、俺にはないのかもしれない。

俺はやっぱり、情けない人間なのだろうか……？

『あなただけが特別なの』

――不意に、思い出す。

心の奥底。体の芯まで凍えそうになったタイミングで……そこにある彼女の『温もり』が、冷気を吹き飛ばした。

その瞬間、体に熱が迸る。

凍り付きそうだった心が、再び温度を取り戻す。

また俺は、自分を否定しようとしていた。

だけど……その寸前でしほのことを思い出せたおかげで、どうにか踏みとどまれた。

(傷つけることは『強さ』じゃない。言い返せないことは『弱さ』じゃない)

そもそも俺は、争いごとに向いていない性格だ。

相手を傷つけることなんて最初からできない人間なのである。

そんなところをしほは好きになってくれた。

優しいことは、俺の長所。

そして……傷つけられたから傷つけようとすることが、間違いだったのだろう。

「じゃあ、分かり合うことはできませんね」

そう言って、小さく笑った。

「……何を、言っている?」

まさか笑われるとは思っていなかったのだろう……母さんは、ここにきて初めて戸惑いを浮かべた。

「分かり合う必要などないだろう？」

「はい。でも、俺は分かり合おうと努力してきました……母さんに分かってほしくて、がんばってたんです。だって、親だから分かってくれると思っていました」

「お前の思考を理解することが何か利益になるとでも？」

「『損得』の話じゃないんです。親と子が分かり合うことに理由なんて必要ない」

「……理解できないな」

「それでいいんです。分かってもらうことは諦めました……でも、母さんに俺の人生を邪魔なんてさせません。あなたの言うことは聞けない」

傷つけてでもこちらの意見を通す……それをやめて、俺は一歩引いたのだ。

言い争うことはしない。ダメなら、諦める。

それが俺なりの『穏やかな手段』である。

「私の言うことを聞かない？　そんな選択肢を選べる立場にいるとでも？　生活の援助は誰がしていると思っているのだ？」

……母さんが俺に強く言ってくるのは、それが根底にあるからだろう。

俺が生きているのは、母さんが支援しているから。

そして、その見返りを求めて母さんは過干渉してくる。

だったら……それもやめてしまえばいい。

「援助もしなくていいです。俺はこれから、自分でちゃんと生きていく……たしかに高校生は大人なので、働く場所もあると思いますから」

「……割に合わないな。これまで援助した分はどう返済する？」

「子供を養育する義務をまっとうしたと、そう思ってくれると助かります。さすがに中学生までは子供かと……高校生になって以降に使用した金額は働きながら返します」

「――私の子でいることを、やめるということか」

ようやく、俺の言いたいことが伝わったらしい。

母さんはうんざりしたように息を吐いて……それからゆっくりと立ち上がった。

俺を、威圧するように。

「そんな権限、あると思うなよ」

なおも、俺の意思を踏みにじる。

「想像以上に失敗作だ……こうなってはどうにもならんな。私が手綱を締めることでどうにかできる範疇を超えている。やっぱり胡桃沢に預けるべきだな。あそこは全寮制の学校も経営している。そこで心を入れ替えろ」

だけどもう、その言葉で心が凍ることはない。

「だから、そういうことがイヤだって言ってるんです」

もう、怖くない。

それはきっと『母親』という過去のトラウマを、しっかりと乗り越えた証拠だ。

「……私に頼らずに生きていけるとでも？」

「今までだって、お金以外で助けてくれたことなんてないと思いますけど」

「金銭を支援している時点で十分な助けになっていると思うがな？　住むところはどうする？　高校に通うのも難しくなるぞ？」

「それは……まぁ、高校は卒業しておきたかったです。でも、辞めろと言うなら辞めます。仕方ないことですから」

贅沢を言うなら、しほとの高校生活を謳歌（おうか）したかった。

働くようになったら今より忙しくなるから、彼女と会える時間も減ると思う……でも、だからって会えなくなるわけじゃない。

今だってむしろ、学校以外の方が長く時間を共有している。

俺としほの関係は何も変わらない。

そう信じられるから、母さんの脅迫もまったく怖くなかった。

「住むところも、生活費も、自分でなんとかします。だからもう、俺のことは放っておいてください。母さんも、俺という負債をなくせてスッキリするでしょう？」

「――本気で言ってるようだな」

生まれて初めて、母さんに反抗した。

心の底から本気で、命令を拒絶した。

そこまでしてやっと、母さんに想いが届いたようだ。

「……好きにしろ。これで私とお前は、親子じゃない」

スッと、視線が外れた。これ以上、会話していても意味がない……そう言わんばかりに、母さんの意識が露骨に俺から外れる。

「はい。今までありがとうございました」

「感謝は不要だ。お前のために、お前を育てていたわけではないからな」

感謝さえも受け取ってくれない。

母さんはゆっくりと立ち上がって、そのまま歩き出そうとする。

なんとなく予感した。これが今生の別れになるだろう……と。

結局うまくいかなかった。

でも、こうするしかなかった。

俺と母さんの関係性は、それほどまでに冷え切っている……誰かがどうにかできるほどの余地はもうない。

神様が、なんとかしてくれない限り。

俺と母さんはもう、仲直りできないだろう。

――そう諦めた、瞬間だった。

「仲良くなぁれ、仲良くなぁれ、もえもえきゅん♪」

ふざけた声が聞こえた。

いつの間にここにいたのだろうか……俺と母さんが座るテーブルのそばに、いきなりメイドさんが現れた。

ご丁寧に指でハートマークを作ってポーズを決めている。

この空気には不釣り合いなほどに、態度が軽い。

「よし！　ご主人様のお二人にはおまじないをかけてあげたから、喧嘩(けんか)なんてしてないで仲直りしたら？」

顔を上げると、そこには黒髪の美女がいた。

長身で、メイド服がよく似合っている若い女性。

「……部外者は出ていけ。今はおふざけに構う余裕などない」

「そんなこと言わないでよ～。ぐすん、悲しいなぁ……あ、ドリンク飲む？　さっき買って一口飲んだけど美味しくなかったコーヒーがあるんだけど」

母さんの圧も飄々と受け流している。トレイに載ったふたの開いている缶コーヒーをテーブルに置いていた。

その適当な言動と、空気の読めない感じには見覚えがあった。

有銘さん……いや、違う。彼女の正体は、

「メアリーさん？」

名を、呼ぶ。

すると、有銘さんはニヤリと笑って、黒髪のウィッグを取った。

そして姿を現したのは、見慣れた金髪の美女だった。

「にひひっ。と、いうわけでメアリーさんの登場だよ。やぁやぁ、シリアスな場面に悪いね……コウタロウ、そんなにキョトンとしないでくれよ。ワタシが神出鬼没なのはいつも通りだろう？」

……なぜ、ここにいる？

いや、問題はそこじゃない。どんな目的で、この瞬間に現れたんだ？

「……ど、どうしてお前が、ここに？」

そして、一番の疑問は……母さんがメアリーさんを見て驚愕していること。

普段は感情を見せないのに、メアリーさんに対してはかなり強い感情を抱いているようだった。

「おいおい、久しぶりに会ったのに挨拶もないなんて寂しいなぁ。前に会ったのはいつだっけ……そうそう、ワタシが転校する前だ。キミがうちの父と商談をしていた時に、ワタシが話しかけたんだよね？」

やけにワザとらしい説明口調。

たぶん、俺に向けて言っているのだろう。

メアリーさんと母さんが実は知り合いだったことを、今初めて知った。

「なんやかんや、キミがオススメしてくれたこともあって日本に来たわけだけれど……本当に感謝しているよ。でも、だからってワタシの父を裏切ったことは許容できないね。おかげで本社の経営が破綻して倒産しかけたよ」

「……倒産すれば、良かったがな」

何か、俺が把握できていないことが裏で起きていたのだろうか。

二人の会話が理解できない……ただ、母さんが珍しく感情的になっていることだけは、分かった。

「倒産させることができたと、確信していた。しかし……お前が、経営を回復させた」

「にひひっ。ワタシはチートキャラだからね……倒産しかけた会社の経営を立て直すことなんて造作もないことだよ。親孝行もできたし、父もワタシにへこへこしてくれて、すごく気分が良かったよ」

「だったらどうして——私の会社に手を出した？」

…………え？

母さんの経営している会社が傾いたのは、もしかして……メアリーさんのせいなのか？　なんだよ、それ。

「お前が何もしなければ、私は今頃……実の息子に縁を切ると宣言されることもなかっただろうがな」

「元々、切れていたようなものだと思うけれどね？　まぁ、そのことに関してだけは申し訳なく思ってるんだ。あ、もちろんナカヤマにじゃないよ？　コウタロウに謝罪したくてこの場にきたんだよ……あと、ついでに助けてあげようかなって」

メアリーさん……この件は結局、君がけしかけたことなのか？

おかしいと思ってたんだよ。

経営能力に優れている母さんが失敗したことが不可解だった。

しほに縁談がバレたのも、メアリーさんが手引きしたからだった。

つまり、北条家との縁談は……俺としほの物語を強引に捻じ曲げたのは、メアリーさんが主導して起きたことらしい。

まるでマッチポンプだった。

自分の手で火をつけて……今度は、自分の手で消火しようとしている。

「コウタロウ、怒らないでくれよ……ワタシのおかげで色々と改善したことだってあるんだから、そう目くじらを立てないでくれ。ほら、お詫びに親子の縁も修復してあげるから、ね？　ワタシに任せてくれ……神の一手が、盤面を一気に覆す」

まるで、古い神話のように。

『デウス・エクス・マキナ』

それは、物語における演出技法のひとつ。神話によくみられるストーリーパターンを表現する言葉だ。

意訳すると『なんやかんやあったけど、神様が全部なんとかしました』になるだろうか。

そういう物語が、メアリーさんの中で最初から構築されていたのだろうか。

「ナカヤマの会社を、ワタシの父が経営する『メアリー社』が支援してあげる。ほら、これで倒産はなくなった。コウタロウの損失も十分に補填された。むしろ、有り余るほどの利益が生まれたよ？　よし、これで縁を切る必要もなく……これからも今まで通り、ドライな親子関係を続けられる」

……改めて、理解した。この人は決して味方なんかじゃないことを。

敵にしても厄介で、味方になっても難儀な……本当に困った存在だった。

「にひひっ。これで、コウタロウとシホのラブコメは終わらないね。良かったじゃないか……ワタシもまだまだ、キミたちの物語を楽しめる」

結局、それが目的だったのだろう。

自分の快楽のために、気まぐれで盤面を自由に動かす。

それができてしまう万能的な力を持っている。

竜崎（りゅうざき）が関わっていない時のメアリーさんは、まさしくチートキャラだ。

「……幸太郎、一つ忠告しておく。この『バケモノ』とはあまり関わらない方がいい。これは親としてではない。人生の先輩としての、忠告だ」

母さんも、メアリーさんを警戒している。

苦汁を舐めさせられたのだから、むしろ俺よりも彼女を憎悪しているだろう。

「まぁ、私の会社に不利益がないのであればそれでいい……幸太郎、そういうわけで私はもうお前に何も手出ししない。産んで良かったと、そう思えるだけの利益は稼いだ。後は自由に生きろ。支援がほしいなら言え。稼いだ分は支払ってやる」

しかし、あっさりと俺との関係は修復してくれるようだ。

母さんは感情よりも論理に従う傾向のある人間だ。損がないのなら、それだけで十分なのだろう……これからも恐らく、俺と母さんの関係性は変わらないまま継続する。

そのことに不満はない。

もちろん、思うところはあるけれど……何も言わないのであれば、文句はなかった。

今までと生活が変わらないのなら、しほとも楽しい思い出を作れるはずだ。

そのことを素直に喜んでおこう。

「……それでは、私は帰る。仕事が残っているんでな」

「送っていくよ。ワタシと色々決めないといけないこともあるだろう？」

「あまり気は進まないが……まぁいいだろう。さっさとしてくれ」

「そう焦らないでくれよ。じゃあね、コウタロウ……またいつか、会おう」

そして、メアリーさんと母さんがメイドカフェから出ていく。

その後ろ姿を見送りながら、俺はゆっくりと息をついた。

「ふぅ……まぁいいや」

結果的に考えると悪くなかった。

結月との縁談はなくなり、母さんの会社は経営が回復した。しほとの関係も良くなったうえに、竜崎も覚醒して結月も元気になった。

だからいいんだ。

たとえ、メアリーさんが黒幕として暗躍していたとしても……誰も不幸になっていないのだから。

（これでしほにも、告白できる）

やるべきことはあと一つだけ。

しほに、好きと伝えること。

やっと想いを伝えることができる……彼女のことを考えると胸が温かくなった。

メアリーさんという神に近い力の持ち主が問題を強引に解決したせいで、少しだけモヤモヤの残る終わり方にはなったけれど。

全部がうまくいった。

とりあえず、それで良しとしておこうかな――。

エピローグ　ふーふーしても冷ませない

かくして中山幸太郎（なかやまこうたろう）は、モブキャラではなくなった。

……今回の一連の出来事をまとめると、こんな感じになるだろうか。

母親という過去を乗り越え、違う自分を演じることをやめた。

とはいっても、今までの自分を否定したわけじゃない。モブの一面も、悪役の一面も、俺の一部であることを理解して、受け入れたのだ。

キャラクターの枠に自分を当てはめることをやめて、中山幸太郎は『中山幸太郎』でいられるようになったのである。

だからこそ……今はちゃんと、自分の気持ちを理解することができる。確信を持てるし、疑うこともない。これが本心だと、自信を持って断言できた。

――俺は、しほが好きだ。

この想いは本物である。

だから……クリスマスになって、前に宣言していた『告白』ができるタイミングが訪れても、緊張することはなく。

むしろ、やっと『好き』と言えることに安堵しているくらいだった。

気持ちの準備はできている。後はもう、伝えるだけだ――。

「ようやく二学期が終わったわ……疲れたぁ～」

「お疲れ様。忘れ物はしてない？　明日から冬休みだから、ちゃんと確認した方がいいよ。もしかしたら学校が閉まるかもしれないし」

「あらあら、幸太郎くんったらわたしを舐めているのかしら？　忘れ物なんてしてるわけない……って、あ」

十二月二十五日。終業式を終えて、放課後。

しほと一緒に帰宅している最中のことだった。

雑談していたら、しほが慌てた様子でカバンを探り始めた。しかし目当てのものがなかったようで、少し泣きそうになりながらこんなことを言う。

「す、スマホ……忘れちゃった」

と、いうことで教室に戻ることに。

俺は先に帰っててていいと言われたけれど、なんとなくついていくことにした。

「幸太郎くん、ごめんね？」

「ううん、大丈夫。むしろ、気付くのが早くて良かったよ」

「……スマホがないとゲームができないし、幸太郎くんとも連絡が取れなくなるから、危うく泣いちゃうところだったわ」

この前、俺はついにスマホを購入した。それ以来、しほとは毎日メッセージのやり取りを交わしている。

まだ操作には慣れていないけれど、しほとたくさん会話できているみたいですごく楽しかった。まぁ、返信が遅れた時に連続でメッセージを送ってくることだけは、慌てちゃうけれど……いいことがたくさんあるので、買って良かったと思っている。

「あった！」

放課後の教室には誰もいない。終業式を終えてみんな帰宅したようだ。

……こうして二人きりだと、あの時を思い出すなぁ。

しほと初めて会話したのも、放課後の教室だった。

あれからもう半年以上経過している。

色々あったけれど、友達になれて本当に良かった。

そしてもう、友達では満足できないほどの感情も抱いているわけで。

(やっぱり、ここがいいかも)

決めた。今、告白しよう——と。

「じゃあ、帰りましょうか？　今日はママがクリスマスパーティーをやるって言ってたから、幸太郎くんもちゃんと来てよ？　約束してたんだから、忘れないでね？」

「それはもちろん。あ、それからあと一つ……伝えたいことがあるんだけど、いい？」

「ええ、いいわよ。何かしら？」

ニコニコと笑いながら俺を見ているしほ。

たぶん、クリスマスに告白するという言葉を、忘れているのかもしれない。

だから、びっくりしてもらえるように少しサプライズ気味に……俺はあえていきなり、自分の想い(おも)を伝えるのだった。


「——大好きだよ」

もっと、かっこいいセリフも考えてはみた。

ラブコメみたいに、素敵なワードをちりばめるのも悪くはないと思う。

だけど……俺の言葉で、伝えたかった。

中山幸太郎の想いなのだから、俺が考える最高の言葉で、彼女への感情を言葉にしたら
……やっぱり『大好き』という言葉以上に、ふさわしいワードはなかったのである。

「しほともっと仲良くなりたい……もう、俺はしほを仲が良いだけの『友達』とは思っていない。こんなに好きになった人は初めてで……えっと、ごめん。うまく言えないけど、とにかく……大好きなんだ」

「──────」

しほは、硬直していた。

笑顔のまま瞬きもせずに俺を見つめて、動きを止めている。

まるで石になったみたいでなんだか面白かった。

「まぁ、うん。そういうことだから……付き合えたら、嬉しい。もし、しほが良ければ
……恋人になりたいって、思ってる」

笑うのを我慢しながら、最後まで告白の言葉を言い切った。

本当はもうちょっと長めに言いたいこともあったけれど、早めに区切ってあげないとしほの石化が直らないと思ったのである。

「…………い、いき、いきなりっ!?」

そして、たっぷり十秒ほど間が空いて。

やっと動き出したかと思ったら、今度は遅れて驚愕の表情を浮かべていた。

出会った頃は無表情だったのに……今では表情がコロコロと変わるようになっている。

そういうところも、しほを好きになった理由の一つだ。

「いきなり、ではないよ。ほら、秋葉原に行った時に宣言したよ? 『クリスマスに告白する』――って。やっぱり忘れてたの？」

「……忘れてたわけじゃないわ。でも、忘れようとして、やっと忘れることができていたのに！ だって、告白されると思ったらドキドキしすぎて疲れちゃうから……うぅ、あれは本気だったのね？」

「もちろん」

頷くと、次は顔を真っ赤にして……しほは俯いた。

「と、とりあえず……ありがとっ。幸太郎くんの気持ち、伝わったわ。わたしのこと、好きでいてくれて嬉しい。う、嬉しすぎて、吐きそうなくらいにっ」

「吐いちゃだめだよ」

背中をさすると、しほはよろめくようにもたれかかってくる。

支えるように肩を抱いたら、しほは照れたようにはにかんで俺を上目遣いで見上げた。

「ウソ、ついてないわ……幸太郎くんの『音』を聞いてたら分かる。いつもより、力強くて……幸太郎くんらしい音色が、聞こえる」

少し前までは、しほは俺の言葉を受け取ってくれなかった。

『自分を好きになれない人が、他の人を好きになれるの？』

『わたしが好きな幸太郎くんなら、わたしを好きになる……そんな程度の愛情で、わたしは満足できないわ』

そんなことを言っていたしほが、今は何も言わずに俺の想いを信じてくれた。

やっと、彼女の期待に応えられるようになれた。

成長した……というよりは、自分を受け入れられるようになった、と表現した方が適切かもしれない。

中山幸太郎が変わったわけじゃない。

変わったのは、気持ちの部分……在り方が改善されただけ。

その微細な差にしほは気付いてくれたようで……そのことを喜んでくれているようだ。

「やっぱり、幸太郎くんって——かっこいい」

……そんなことないよ、と謙遜するのはもうやめた。

他の人間がどう思っているかは分からないし、どうでもいい。

ただ、彼女がそう思ってくれていることは、真実なのだから……それを素直に喜べばいいのに、褒められても受け取ろうとしないのは失礼だと、ようやく気付けた。

「ありがとう。しほがそう言ってくれたら、元気が出るよ」

「そうなの？　じゃあ、これからもいっぱい言う……わたしにとって、幸太郎くんは誰よりも特別な存在なの」

小さな声で囁(ささや)きながら、しほがギュッと俺の手を握る。

優しく握り返すと、彼女は微笑(ほほえ)みながらこう言ってくれた。

「霜月(しもつき)しほにとって、中山幸太郎くんは——ずっと主人公(ヒーロー)だからね？」

宿泊学習の時にも、言われたセリフ。

今もなお、しほの想いは変わらずに……俺を好きでいてくれている。

「この教室で、一目見た時にはもう運命を感じていたわ。理想の人って、幸太郎くんみたいな人なのかな……って、なんとなく感じていたの。つまりね、わたしにとって幸太郎くんは、本当にどうしようもないくらいに、憧れている人なのよ？　本当に、本当に、本当に大好きな人で……えっと、とにかく、わたしが言いたいことをまとめるとっ」

彼女の好意が分からないほど、俺は鈍感じゃない。

言葉にせずとも、しほが俺のことを大切にしてくれていることは分かっている。

それはきっと、彼女も同じ気持ちだと思う。

「つまり――恋人になっちゃったらドキドキしすぎて死んじゃうの！」

だからこそ、そのセリフにはさすがに動揺した。

「…………え？　ど、どういうこと？」

あれ？　流れ的には、両想いでハッピーエンドになってもおかしくなかったのに。

雲行きが怪しい……というか、それは暗雲とかではなく、変な形状の雲が気まぐれに通り過ぎていくような、そんなコミカルさを感じた。

「言い訳はしないわ。ハッキリ言うと、わたしはヘタレていますごめんなさいっ」

「……えー」

そこまではさすがに予測できていなかった。

いや、そうか……でも、そうなってもおかしくはなかったのか。

今まで、なんやかんやしほに言われて、付き合うことは延長していたけれど。

俺の準備が整っていないことと同様、しほの準備も足りていなかったのか。

「あのね、関係が変わるのが怖いとか、そういうことじゃなくて……今、幸太郎くんと付き合っちゃったら、逆に意識しすぎて何もできなくなっちゃいそうなの。だって、好きすぎて、未だに一緒にいるだけでドキドキするのよ？　自分で言うのもなんだけれど、初々しいにもほどがあるわ……ちょっと引いちゃうくらい、わたしって幸太郎くんが大好きすぎるみたい」

その熱は――温度が高すぎて、自分さえも焼き尽くすほどに。

しほの『好き』という想いは、まだまだ制御できていないようだった。

「今、やっと分かったわ……『ふーふー』しても、全然冷めないの。むしろ、日に日に幸太郎くんを好きになっていくせいで、どんどん気持ちが熱くなっていって……それなのに今、付き合っちゃったらわたしは死んじゃうわ」

その場合、死因は『恋の病』になるのかな？

って、いやいや……死ぬなんてそんな物騒なこと、言わないでほしいなぁ。

まぁ、でもしほの気持ちはだいたい分かった。

つまり……俺はちょっと、先走りすぎていたようである。

「そっか。しほ、意外とヘタレだからなぁ……」

「ご、ごめんね？　本当は内弁慶で小心者で器も小さい小者なのっ。でも、幸太郎くんが優しすぎるから、つい調子に乗っちゃうわ。つまりわたしは何も悪くない。幸太郎くんが全部悪い!!」

「それは、なんというか……ごめんね」

「まったくよ。反省して！　……あと、わたしも反省する。幸太郎くんのこと、焦らせちゃってごめんね？　いつもかっこつけたことを言っていたけれど、わたしもまだ……もうちょっとだけ、気持ちが整理できていなくて。も、もちろん、嫌いだからそう言ってるわけじゃないからね？」

「分かってるよ。しほの気持ちを疑ったことはないから」

早口になるしほのくちびるに、指をあてる。

大丈夫だよ、心配にならなくていいからね――と。

「慌てさせてごめんね？　でも、焦っているわけじゃないんだ。とにかく、俺の気持ちをしほに伝えたかっただけで……そうだね。今、必ずしも関係を進展させる必要なんてないいのか。だって、これからもたくさん時間があるんだから」

この言葉も、しほが以前に言ってくれたことだ。

これから先、何年もずっと……しほとは時間を共有する。

だから、別に慌てなくてもいいのである。

「ごめん。待たせていると思って、少し空回りしてたかも」

「謝る必要はないわ……むしろわたしが、ごめんなさい」

「あ、たしかに謝る必要はないか。お互いに悪いことをしたわけじゃない」

「待たせても大丈夫？」

「いくらでも待てるよ。しほも、焦らなくていいから……ゆっくり、歩いていこう？」

「……そう言ってくれる幸太郎くんが、やっぱり大好き」

「そう言ってくれるしほだから、大好きになったんだよ」

残念ながら……告白は失敗に終わったけれど。

しかしそれはネガティブなものではなく、むしろお互いに気を遣って、ここで付き合う方が将来的に考えると良くなかっただろう。

ゆっくりと、二人の準備が整うまで待ってからの方が、きっと幸せだから。

ここでしほが断ってくれて良かった。

そう思える未来を信じられるからこそ、俺は悪い感情を一切抱かなかった。

「じゃあ、またもうちょっと時間が経ってから告白するよ」

「え？　今度はわたしの番じゃないの？」

「いやいや、ここは男の俺が……」

「男だから、とか。女だから、とか。そういう時代はもう終わったのよ？」

「たしかに……しほはたまに鋭いことを言うなぁ」

「えへへ～」

しほの方も、余計な罪悪感などは抱かずに、いつも通り笑ってくれていた。

今はこれでいい。どうせいつか、もっと仲良くなれるはずだから……もうしばらくは、この関係性を楽しめばいいかな。

そう思って、ひとまず告白は終わった。

「じゃあ、帰ろっか。今日はしほの家で食事会もあるし、家に帰って梓も連れてくるよ」

「うん！　あ、そういえばママに早く帰ってパーティーのお手伝いをしろって言われてるんだった……幸太郎くん、早く――――ぁ!?」

さつきさんの言葉を思い出したしほは、いきなり俺から離れた……かと思ったら、コテンと転んだ。

とはいっても、いきなり動き出したせいで足が絡まっただけである。勢いもなかったので、地面にしゃがみこんだと表現した方がいいのかもしれない。

とりあえず怪我はなさそうなので良かった。

「う、運動神経抜群のわたしが、転ぶなんて……！」

「そうでもないと思うけどなぁ」

そう言いながら、彼女に手を差し伸べる。

瞬間——彼女と出会ったあの場面が脳裏に蘇った。

放課後の教室で初めて会話をした時も、しほは転んでいた。逃げようとしていた俺はそこで足を止めたのである。

『つかまえたっ』

そして、弱々しく差し伸べた手をしほが強引に握ってくれた。

そういえば、あの時はまだ「俺なんかが触れてもいいのか？」という卑屈な思考が邪魔をして、まっすぐ手を差し伸べることもできなかったことを思い出す。

だけど、今は違う。

手は、しほの手をしっかりとつかんでいる。

「ありがとっ」

「いえいえ」

彼女を引っ張って、体を起こす助けにちゃんとなれていた。

……何気ないやりとり。でも、俺は自分の成長を感じて……すごく心が弾んでいた。

(中山幸太郎が、しほの好きな人になれて良かった)

俺しかいないと、そう思えた。

この子を幸せにできるのは俺だけだ、と。

相手を思いやれる人間だからこそ、暴力的な一面がないからこそ、誰よりも他人を優先できる優しい人間だからこそ——感受性の鋭いしほが、無防備でいられる。

霜月さんがモブを好きになってくれて、本当に良かった。

そうじゃないと、しほが幸太郎を好きになることだってなかったのだから。

「幸太郎くん、手をつないだままだけどいいの？　誰かに見られたら恥ずかしいって前に言ってなかった？」

「見られるのはまだ恥ずかしいけど、それ以上にしほと手をつなぎたいから」

「え、それってすごい素敵ねっ。はい、また幸太郎くんを好きになっちゃった」

それから何を思ったのか……今度は小さな唇を少しだけ尖らせて、俺に顔を近づけてきた。

「幸太郎くん、ちゅー」

いきなり、キスを求めてきた。

衝動的にしたくなったのかな？

……ちょっと前までは、キスするだけでもすごく勇気を振り絞っていた。

だけど、もう大丈夫。

俺なんかがしほにキスしてもいいのか——なんて、考えもしない。

だから、一瞬だけ……無言でしほと唇を重ねると、彼女は満足そうに笑った。

「うん、それでいいわ」

愛情を感じてくれたのだろうか。

満たされたような表情で勢いよく歩き出す。

俺も、歩幅を並べてその隣を一緒に進んだ。

「ねぇねぇ、幸太郎くんはクリスマスプレゼントに何を頼むの？　サンタさん、ちゃんと来てくれるかしら？」

「……サンタさん？　え、しほのところにはまだ来るの？」

「ええ。だって、毎年いい子にしてるもの！」

「おっと……なるほど。そういうことか」

「んー？　もしかして、幸太郎くんは悪い子だから来てくれないのかしら？」

「た、たぶん、来ないと思うなぁ」

そんな会話をしながら、帰路につく。その足取りはゆっくりで……まるで、俺と彼女の人生（ラブコメ）を示唆しているようだった。

この物語はきっと、ありふれた幸せ（テンプレ）に満ちたものだろう。

俺もしほも、お互いに大好きなのだから……そうなることに疑いはない。

そのシナリオが分かっただけで、今は十分だった――。

余談その1
とあるクリエイター（黒幕）の種明かし

やぁやぁ、黒幕のメアリーさんだよ。

今回の物語、コウタロウの母親――ナカヤマカナについて、ちょっと説明が不足している気がするから、ここで追記しておこうかな。

物語には関係のない余談だけどね？

でも……もし、この物語を読んでいる人がいるなら、知っておいた方がいい。

コウタロウの母親がどんな人間なのかを、ね？

その方がスッキリすると思うんだ。

と、いうことで……コウタロウを救ってあげた帰り道。国外に住んでいるナカヤマを空港まで送り届けている間に、軽く今後のことなどを話しあった。

「さて、商談はこんなところかな？　これからは仲良くしようじゃないか」

「反吐（へど）が出そうだがな」

「やれやれ、素直じゃないねぇ……イヤそうな顔は子供そっくりだよ」

そう言ってフレンドリーに笑いかけてみたけれど、ナカヤマはそっぽを向いたまま微動だにしない。

「まさかお前と手を組むことになるとはな……胡桃沢との商談もまとまりかけていたが、断っても良さそうだ」

「クルミザワはやめておいた方がいいよ。ワタシが言うのもなんだけど……あそこはすごく退屈な一族だから」

「なんだ？　知り合いか？」

「……ちょっと、ね。不本意ながら、知り合いなんだよなぁ」

あそこの家はかなり苦手だ。

物語中毒でロマンチストのワタシと違って、クルミザワは徹底的な現実主義のリアリストなので普通に嫌いだ。特に、あそこの一人娘はもはや天敵と言っても過言じゃない。

……ナカヤマがうちの会社を出し抜いたのも、実はクルミザワが裏で手を引いていた、という情報も入っているのだけれど。

それはまぁ、今話すべきことでもないので割愛しようか。

「ナカヤマ、これで借りは返したよ」

彼女には恩がある。

アメリカでくすぶっていたワタシに渡日をアドバイスしてくれたのだ。

先程、コウタロウとナカヤマの縁が切れそうになった際、それを仲裁したわけで……それが『借りを返したこと』になっていることを、しっかりと確認しておいた。

「ああ、そうだな」

ナカヤマもそう認識をしてくれているようだ。

まぁ、それも当然かな。

「……ありがとう」

ほら、感謝の言葉なんて普段は絶対に言わないくせに、それを口に出している。

先程の場面、実はナカヤマにとってはかなりの窮地だったのだ。

「やれやれ。不器用な母親だなぁ……嫌われることで子供の罪悪感を軽くする、なんてあまりにも愚かすぎて呆れちゃうよ」

そして、息子にそっくりでびっくりする。

だからちゃんと知っておいてくれ。

ナカヤマは……実は、悪い人なんかじゃないんだよ――って、ね？

だって、会社の経営が傾いて彼女がまず心配したのは『コウタロウを養えなくなる』だからね。だから焦って、うちの会社を裏切ったらしい。

なんやかんやあったけれど。

結局、ナカヤマは……コウタロウのことをちゃんと大切にしているのだ。

「……幸せにしなければならないんだ」

もう、コウタロウの前じゃないから、肩ひじを張る必要はない。

だからなのか、ナカヤマが珍しく本音を話してくれた。

「『私なんか』が産んでしまった子供だから……せめて、幸せにしてあげることが、私の責任だ。産むべきじゃなかった。お見合いして、言われるままに子供を産まされて……でも、生まれたあの子を見て、胸が痛んだ。私の息子でいる人生を想像して、申し訳なく思ったんだ」

ナカヤマは、コウタロウと同じタイプの人間だ。

ワタシには……いや、ワタシだから分かる。

コウタロウは、母親にそっくりだ。

「せめて、私みたいな人間になってほしくなくて、厳しく育てようと思った……でも、ダメだった。幼少期のあの子をみて、私の生き写しだと思った。とにかく主体性がない……大人しい子だった。だけど、私と違うところが一つだけあった。幸太郎(こうたろう)は……言われたことはなんでもできる才能があった」

……やっぱり、気付いてたのか。

実の母親は、コウタロウの才能をしっかりと見抜いていたらしい。

「私よりもあの子は天才だ。しっかりとレールを敷いてあげさえすれば、私とは違ってその道をまっすぐ進めるはずで……その先に幸せがあるのなら、ちゃんと幸せになれる。そう思って、幸太郎には色々と口を出していた」

ナカヤマはコウタロウのことをよく考えてくれている。

恐らく、ナカヤマの言うことを素直に聞いていれば、コウタロウはそれなりの幸せを手に入れられたと思う。

「嫌われてもいい。私への怒りをエネルギーにして、がんばってくれればいい。そう思って接していた……だけど、あの子は大きくなった」

コウタロウは成長した。

言われたことだけをして満足する人間では、なくなった。

「幸太郎は……私とは違って、自分の人生を自分で決められる人間になったんだな」

信じられないことだよね。

その気持ちはすごく分かる。まさかコウタロウが……モブでいただけの凡人が、更に昇華して何者にも成れる『本物』に進化したのである。

「私はどうやら間違えていたようだな……情けない。お前がいなければ、今頃あの子の人生を見守ることすらできなかった。こんな私が母親で、幸太郎には本当に申し訳ない」

自嘲めいた笑みも、幸太郎にそっくりで。

だからこそ、少しだけワタシは優しくなれたのだと思う。

「思い上がらない方がいい……『母親』だって人間だ。間違えることだってある。親が完璧だなんて、そんな幻想は捨てるべきだよ。人は間違える……大切なのは、同じ間違いを繰り返さないこと。それが『成長』なんだ」

まぁ、ワタシは間違えることなんてめったにないけれど。

凡人は完璧になれない。

だから、ナカヤマ……そう自分を責める必要はないさ。

「キミも反省して、この失敗を次に活かせばいい。コウタロウならいつか受け入れてくれるさ……彼は優しい人間だからね」

そう伝えたら、ナカヤマは小さく微笑(ほほえ)んだ。

「ああ、そうだな……あの子は、いい子だから」

なんだかんだ子供が褒められると嬉(うれ)しいのだろう。表情が柔らかい。

それを見ていると、最悪の結末にならなくて良かったと心から思った。

（もし、いつか幸太郎が母親の本性を知ったら、縁を切ったことを後悔するだろう……その可能性があっては、完全なハッピーエンドとは言えないからね）

今回の物語は、全部綺麗（きれい）に終わらせてあげたかった。

そうした方が美しいし、面白いからね。

結果的にそうなって良かったよ……ふぅ、楽しかった！

だから今回の物語は、この一言で締めくくらせてもらおうかな。

めでたしめでたし――って、ね？

それでは、またいつか会おう。

今度はみんなが嫌いになれるようなかっこいい敵キャラでいたいけれど……はたしてどうなることやら――。

❄ 余談その2
とあるハーレム主人公（復活）の苦悩

十二月二十五日。終業式を終えたその日の夜のこと。

「りゅーくん、ゆづちゃん、メリークリスマス！」

「はいっ。龍馬(りょうま)さん、キラリさん、メリークリスマスっ」

キラリと結月(ゆづき)が俺の家でクリスマスパーティーを開催してくれた。

「メリークリスマス！」

二人に負けないよう声を張り上げて、俺もグラスを掲げる。

「りゅーくん、はしゃいでるじゃん。子供みたいでかわい～」

「うふふ♪　今日は腕によりをかけて、美味(おい)しい料理をたくさん作りました。どうぞ、遠慮なくご堪能(たんのう)ください」

そう言いながら、俺に続けるように二人ともグラスを掲げてくれた。

キラリと結月が楽しそうに笑っている。

……まさか、こうやってまた楽しい日常が戻ってくるとは思っていなかった。

一カ月くらい前までは、俺の態度が悪いせいで二人を傷つけていたのに……彼女たちはそんな俺を許してくれたのだ。

本当に申し訳なく思っているし、心から感謝している。

また、彼女たちと笑いあえるようになって良かった……最近、特にそんなことを考えるようになっていて、今日もなんだか泣きそうだった。

「キラリ、結月、ありがとう……俺を見捨てないでくれて、ありがとうっ」

「うわっ。出た、めんどくさいりゅーくんだ……もういいって言ってるじゃん。だから泣くなよ。よしよし」

「あわわ……だ、大丈夫ですからね？　わたくしもキラリさんも、龍馬さんのおそばにいますから。ほら、今日は飲んで忘れてください」

「……うん。ありがとう」

あんな、クズみたいな俺を許してくれるなんて。

ちょっと前までの俺は、自分でも引くくらい最低な男だった。俺なら、俺みたいな人間を決して許してないと思う。

それなのに、二人は受け入れてくれて……しかも今は慰めて、励ましてくれている。

こんな素敵な女の子たちを泣かせるなんて、最低だと改めて思った。

「これからはちゃんと大切にするから……約束だ！」

「はいはい、分かったからとりあえず泣き止んで……ってか、いつもそう言ってくれるのは嬉しいけど、結局あたしとゆづちゃんのどっちを大切にすんの？」

「それはもちろん、どっちもだ！」

「……ふ、懐の大きいところも、龍馬さんのいいところですよね？」

「優柔不断なだけじゃん。へたれ」

「へたれって言うなよっ。な、なんとなく分かってるから……！」

と、ちょっとだけ二人にはまだまだ我慢させてしまっているけれど。

それでも、キラリと結月は俺のことを見守ってくれている。

だから、ちゃんと自分の気持ちと向き合いたい。


……人を好きになるって、どういうことなんだろう？


最近、よく悩む。

キラリと結月のことは好きだ。

でも、どちらと恋人になりたいかと考えた時……どちらとも付き合いたいと思ってしまうのだ。

キラリ、結月……へたれでごめん。

でもちゃんと、答えを出す。

二人が好きになってくれた責任はしっかりとるから。

それまで、どうか待っていてほしい――。

あとがき

コミカライズが始まります！　漫画になった本作もよろしくお願いします！

担当編集様。いつも色々とありがとうございます。悩んでいる時、納得いっていない時、足りない部分を補ってくださっているおかげで、本作も満足いく作品になりました！

イラストのＲｏｈａ様。キャラクターのイラストが僕のモチベーションです。二巻直後の描き下ろしイラストには、すごく元気をいただきました。ありがとうございます！

コミカライズのきぐるみ様。たいへんな作業であるにもかかわらず、本作を引き受けてくださってありがとうございます！　今後とも何卒よろしくお願い致します。

マイクロマガジン社様。三巻だけでなく、コミカライズ、ＣＭ、フェアなど本当にありがとうございます！　おかげさまで、作家としてとても幸せな時間を過ごしております。

そして最後に、読者の皆様！　三巻、コミカライズ、そして僕が元気でいられることも含めて、全て皆様のおかげです。これからも、どうか見守ってくださると嬉しいです。

しほちゃんから
お話があります。

祝＊コミカライズ化
漫画＊きぐるみ
幸太郎くん！スゴいわ！わたしたちの物語がマンガになるらしいわよ！
おぉ…
それは凄いね
具体的にどんなお話なの？
あ… 内容は知らないんだね
しっ 知ってるわよ！

幸太郎王子が
わたしを長い眠りから
目覚めさせるため…
キャー♥
絶対
違うね
主役は
しほだと
思うよ
違うわ
幸太郎くんよ
しほだよ
幸太郎くん
しほ
わたしの王子様
が主役に
決まってるでしょ!!
ごめんなさい…
わかれば
いいのよ
◀そんな二人は放っといてダイジェストへ←

あの日変わった
少年の運命――
――捕まえたっ

誰に対しても無表情だったはずの彼女が
『あなただけ』に見せる
無邪気な表情──
霜月さんはモブが好き
きぐるみ
八神鏡
Roha
◀コミックライドにて【好評連載中】
いつしか心が 温かいもので
満たされていく──

ファンレター、作品のご感想をお待ちしています!

【宛先】
〒104-0041
東京都中央区新富1-3-7　ヨドコウビル
株式会社マイクロマガジン社
GCN文庫編集部

八神鏡先生 係
Roha先生 係

【アンケートのお願い】

右の二次元バーコードまたは
URL (https://micromagazine.co.jp/me/) を
ご利用の上、本書に関するアンケートにご協力ください。

■スマートフォンにも対応しています（一部対応していない機種もあります）。
■サイトへのアクセス、登録・メール送信の際の通信費はご負担ください。

GCN文庫

霜月さんはモブが好き③

2022年7月25日　初版発行

著者　八神鏡

イラスト　Roha

発行人　子安喜美子

装丁　山﨑健太郎(NO DESIGN)
DTP／校閲　株式会社鷗来堂

印刷所　株式会社エデュプレス

発行　株式会社マイクロマガジン社
〒104-0041　東京都中央区新富1-3-7　ヨドコウビル
［販売部］TEL 03-3206-1641／FAX 03-3551-1208
［編集部］TEL 03-3551-9563／FAX 03-3297-0180
https://micromagazine.co.jp/

ISBN978-4-86716-316-0 C0193